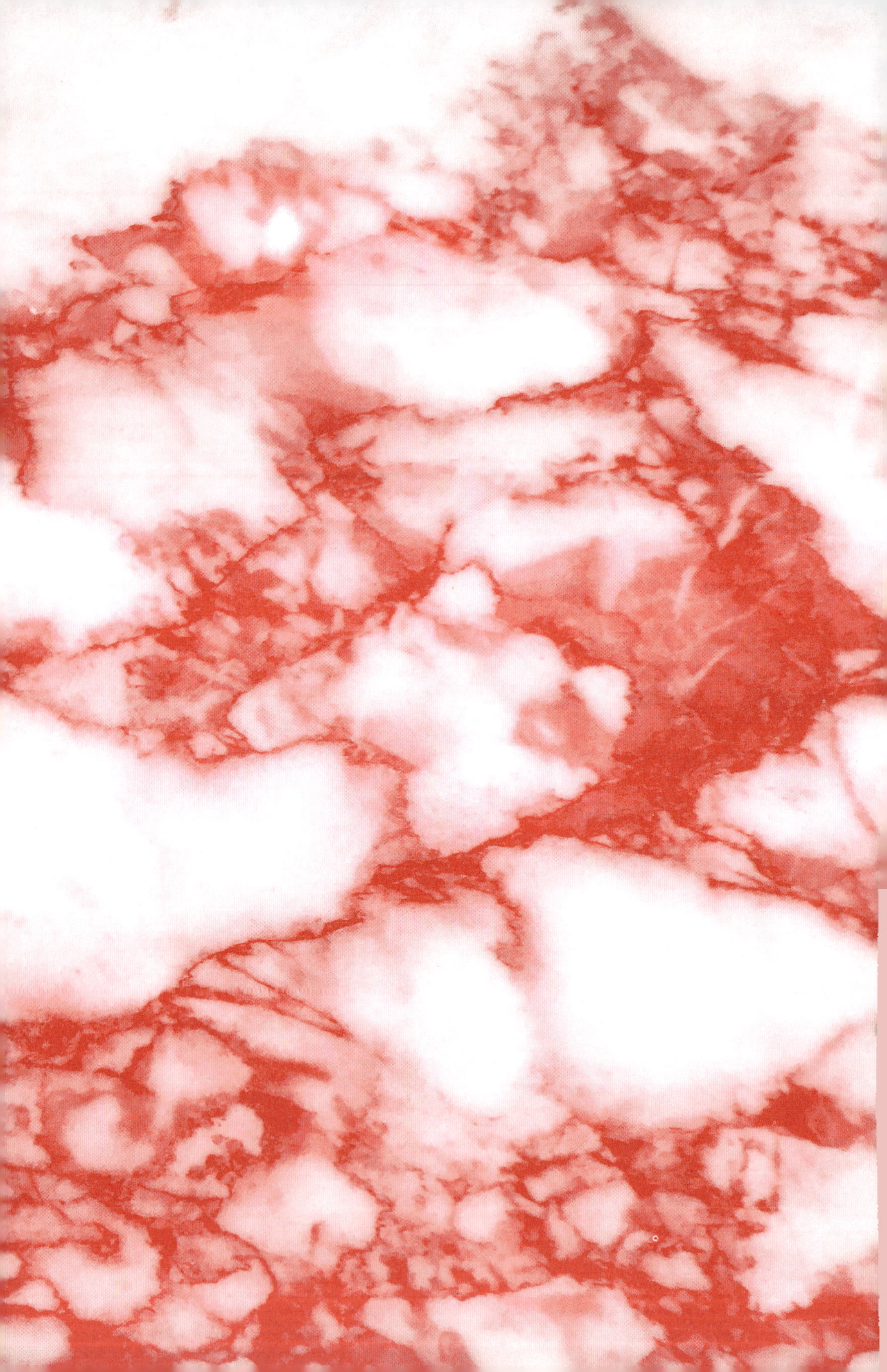

Mark Twain

Reportagen aus dem Reichsrat

1898/1899

Mark Twain

Reportagen aus dem Reichsrat

1898/1899

—

Originaltexte aus dem amerikanischen Englisch
übersetzt von
Jacqueline Csuss und Werner Richter

Herausgegeben von der
Parlamentsdirektion, Wien

Residenz Verlag

Ein virtuoser Beobachter

Wolfgang Sobotka, Präsident des Nationalrates

„An die historische Wahrheit kommen eigentlich nur die Dichter heran", sagte einst der Schweizer Historiker Carl Jacob Burckhardt, und tatsächlich prägen sich historische Abläufe viel besser in uns ein, wenn wir sie lebendig und anschaulich dargelegt bekommen. Wer jemals die „Anabasis" des Xenophon gelesen hat, der wird den Moment nicht vergessen, als die Griechen, endlich der Wüstenei entronnen, an die Küste gelangen und erleichtert „Das Meer! Das Meer!" rufen.

Es sind gerade die schriftstellerisch Begabten, die uns Zusammenhänge anschaulich und einprägsam machen. Carl Zuckmayer etwa, der Schöpfer des „Hauptmann von Köpenick" und des „Teufels General", beschrieb die Tage der Annexion Österreichs durch das nationalsozialistische Deutsche Reich im März 1938 derart bildreich, dass viele erst durch seine Worte begriffen, was sich da eigentlich zugetragen hatte. Und die Werke eines Joseph Roth, eines Franz Werfel oder eines Robert Musil werfen ein ganz spezielles Licht auf die letzten Tage der Monarchie. Geschichte bekommt also einen ganz besonderen Klang, wenn der, welcher sie erzählt, seine Instrumente kunstvoll zu spielen weiß.

Ein solcher Virtuose war auch der US-amerikanische Autor Mark Twain, der am Ende des 19. Jahrhunderts zwei Jahre in Wien zubrachte und die damaligen Entwicklungen ganz genau beobachtete. Seine Reportagen aus dem Reichsrat werfen ein Schlaglicht auf jene Zustände, die schließlich dazu führten, dass das Vielvölkerreich der Habsburger auseinanderbrach. Und in diesem Lichte sind Twains Aufsätze auch heute noch von nachhaltiger Bedeutung, zeigen sie doch auf, wie engstirniger Nationalismus, sturer Egoismus und aggressiver Radikalismus jede gedeihliche Zusammenarbeit verunmöglichen.

Vieles von dem, was Twain beschreibt, mag uns heute überwunden erscheinen, doch betrachtet man die Akteure von damals genauer, so erkennt man Muster, die es, wenn auch abgewandelt, auch heute noch gibt. Und so sind Twains Texte nicht nur, wie wir es von seinen Romanen und Erzählungen gewohnt sind, amüsant und kurzweilig, sie sind auch überaus lehrreich und regen uns an, aus der Vergangenheit für die Zukunft zu lernen.

Reichsratsgebäude (Parlament), um 1883

Mark

Bewegte Öster

Twain

Zeiten in
reich

I.
Die Regierung in der Bredouille

Hier im Wien der letzten Tage des Jahres 1897 herrscht eine Aufregung, die das Blut in Wallung versetzt und einem kaum noch Ruhe gönnt. Die Atmosphäre knistert geradezu vor politischer Elektrizität. Alle Gespräche sind politisch; jedermann erinnert an einen Generator mit abgewetzten Kontakten, der, angesprochen auf die politische Lage, alsbald blaue Funken versprüht. Ein jeder hat seine Ansicht und tut sie auch unverblümt und hitzig kund, der Fülle dieser Meinungen entnimmt man jedoch nichts als Verwirrung und Ratlosigkeit. Denn in Wahrheit versteht kein Mensch die derzeitige politische Lage, noch lässt sich ihr Ausgang vorhersagen.

In Österreich tragen sich gegenwärtig Dinge zu, die in jedem anderen Land längst einen Flächenbrand entfacht hätten und die Regierung mit Sicherheit zu Fall bringen würden; dass sich Ähnliches auch hierzulande ereignen könnte, glaubt jedoch niemand. Hier muss man offenkundig erst einmal abwarten und sehen, was passiert, um sich Gewissheit zu verschaffen. Raten ist müßig und hilft nicht weiter. So sagen es einem die klugen Menschen; sie alle sagen es, sagen es tagein, tagaus, und das ist auch das Einzige, worin sich alle einig sind.

Noch in einem anderen Punkt gibt es ansatzweise Einigkeit: dass es zu keiner Revolution kommen wird. Die Leute sagen: „Sehen Sie sich unsere Geschichte an: Revolutionen sind nicht unsere Art. Und sehen Sie sich die politische Landkarte an: sie eignet sich einfach nicht für organisierten Aufruhr – und was könnte ein Aufstand ohne Einigkeit aller Beteiligten bewirken? Es ist ja gerade die *Un*einigkeit, die unser Reich seit Jahrhunderten zusammenhält, und wenn ihr dies in der Vergangenheit gelungen ist, so dürfte sie es auch jetzt und in Zukunft so halten."

Die mir bislang einleuchtendste Darstellung dieser undurchsichtigen Ordnung der Dinge erschien vor drei Jahren im *Traveller's Record* und stammt von einem Herrn Forrest Morgan aus Hartford. Er schreibt:

„Die österreichisch-ungarische Monarchie ist der Flickenteppich und zugleich der Rummelplatz Europas, ein Trupp von

Kettensträflingen seiner vielen Völker; ein Staat, der keine Nation ist, sondern eine ganze Ansammlung von Nationen, manche mit und andere ohne eigene Nationalgeschichte und Nationalstolz, einige in fernen Provinzen gelegen, die ihnen praktisch allein gehören, andere wieder mit fremden Völkern vermischt, doch jede mit einer eigenen Sprache und jede von ihnen die übrigen Nationen solcherart ansehend, als gäbe es das Bindeglied einer gemeinsamen Regierung gar nicht. Nur ein einziges der beteiligten Völker macht derzeit zumindest *ein Viertel* des Ganzen aus und kein anderes auch nur so viel wie *ein Sechstel!* Und jedes hat sich seit Ewigkeiten unverändert in seiner Isolation bewahrt, sosehr sie auch örtlich mit anderen vermischt sein mögen – wie Öltröpfchen im Wasser. Es gibt nichts in der modernen Welt, das diesem Zustand annähernd ähnelt, obwohl die Vergangenheit viele Beispiele dafür kennt. Dergleichen scheint unwirklich und unmöglich, selbst wenn wir wissen, dass es so ist; es widerstrebt unserer ganzen Auffassung von dem, was ein Land ausmacht, damit es diesen Namen verdient. Überdies wirkt die Konstruktion viel zu notdürftig, um auf längere Zeit zusammenhalten zu können. Dennoch hat das Land, und zwar weitgehend in seiner heutigen Form, zwei stürmische Jahrhunderte überstanden, die etliche vollkommen geeinte Staaten davongefegt und es selbst an den Rand des Abgrundes gebracht haben, es hat mächtige europäische Bündnisse überlebt, die nur gebildet wurden, um es zu zerschlagen, und all das machte es immer nur noch stärker. Fortwährend hat es seine Gestalt leicht gewandelt, im Westen ein wenig verloren, dafür im Osten dazugewonnen, und alle diese Änderungen bewahrten seine Struktur so fest wie eh und je, wie das Abwerfen und Aufnehmen von Stämmen beim Flößen, wobei sich in der mechanischen Einheit der Teile die ganze Vitalität eines echten Nationalgeistes zeigt."

Das scheint die in Österreich weitverbreitete Überzeugung zu bestätigen und zu rechtfertigen, dass in dieser Konfusion aus unverwandten und unversöhnlichen Bestandteilen, in dieser unüberwindbaren Uneinigkeit auch Stärke liegt – freilich nur für die Regierung. Fast jeden Tag erklärt mir jemand, dass eine Revolution keine Aussicht auf Erfolg hätte. „Das wäre ja ganz unmöglich. Im Grunde hassen ja alle Nationalitäten im Reich die Regierung – aber ebenso sehr hassen sie sich untereinander, und das mit Hingabe und leidenschaftlicher Erbitterung. Keine kann sich mit der anderen zusammentun, also muss ein Volk, das sich erheben will, dies allein wagen; und dann würden sich die anderen vorbehaltlos mit der Regierung gegen dieses Volk verbünden – das damit allenfalls die Chance einer

Fliege gegen eine ganze Armee von Spinnen hätte. Die Regierung ist vollkommen unabhängig. Sie kann ihre eigenen Wege gehen und tun, was ihr beliebt; sie hat nichts zu befürchten. In Ländern wie England und Amerika, wo nur eine Sprache gesprochen wird und das öffentliche Interesse ein allgemeines ist, müssen die Regierungen sich nach der öffentlichen Meinung richten; nun gibt es aber in Österreich-Ungarn neunzehn öffentliche Meinungen – eine in jedem Kronland. Nein: zwei oder drei pro Kronland, da in jedem gleich mehrere Nationalitäten daheim sind. Keine Regierung kann all diese öffentlichen Meinungen zufriedenstellen, sie kann höchstens so tun, als versuchte sie es. Die derzeitige Regierung tut genau das: Sie tut so, als ob, und sie tut es ohne Erfolg. Doch das stört sie nicht sonderlich."

Ein anderer fügt dem vielleicht noch hinzu: „Die Regierung hat einen Grundsatz – einen sehr weisen – und hält sich eisern daran. Er lautet ... *für Ruhe sorgen:* diesen Bienenstock aus leicht erregbaren Völkern so friedfertig wie möglich zu halten und ihnen den guten Rat zu geben, sich mit weniger explosiven Dingen als der Politik zu vergnügen. Zu diesem Zwecke entsendet sie ganze Scharen von katholischen Priestern, damit sie ihnen beibringen, demütig und gehorsam zu sein und sich in Ignoranz über die Dinge auf Erden zu befleißigen, dafür aber Kenntnisse über das Himmelreich zu erwerben, dessen historisch verbürgte Wonnen dereinst durch den Reiz ihrer Gesellschaft noch gemehrt würden; zum nämlichen Zwecke werden übrigens jeden Morgen die Zeitungen auf Herz und Nieren geprüft, vor allem dann, wenn es brisante Meldungen gibt." Es gibt in der Tat einen Pressezensor, der rund um die Uhr im Dienst ist und ein viel beschäftigter Mann sein dürfte. Pünktlich um fünf Uhr früh wird ihm das erste Exemplar von jeder Morgenzeitung gebracht. Die amtlichen Kutschen warten vor den Toren der Redaktionen, um ihm im Eiltempo die druckfrischen Zeitungen zu liefern. Sodann lesen seine Assistenten jede Zeile und merken alles an, was ihnen gefährlich erscheint; über diese Anmerkungen spricht der Zensor sein endgültiges Urteil. Allerdings verschwören sich zwei Umstände, die zu launischen und unausgewogenen Ergebnissen führen: Die Assistenten hegen unterschiedliche Ansichten darüber, was gefährlich ist und was nicht, und ihm selbst bleibt nicht die Zeit, um ihre Kritik im Detail zu prüfen. So geschieht es bisweilen, dass ein und dieselbe Angelegenheit, die in der einen Zeitung zensiert wird, in der nächsten keine Missbilligung findet und dort ohne jeden Eingriff und unverändert in Druck geht. Die Zeitung, in der die Sache beanstandet wurde, druckt den inkriminierten Artikel darauf flugs in ihrer Abendausgabe – unter provokanter Angabe der Quelle und einer in höflichem und unverfänglichem Ton verfassten Beschreibung der Umstände – und natürlich kann der Zensor dann nichts mehr einwenden.

Mitunter saugt der Zensor einem Blatt das gesamte Blut aus und lässt es farb- und gehaltlos zurück; ein andermal bleibt es gänzlich ungeschoren und darf seine Meinung mit einer Dreistigkeit und Offenheit kundtun, wie sie meiner Ansicht nach von den Zeitungen anderer Länder kaum überboten wird. Bisweilen dürfte der Zensor sein Urteil auch revidieren, denn in jüngster Zeit hat er mehrmals Zeitungen noch nach ihrem Erscheinen und teilweisen Vertrieb wieder eingezogen. Er lässt dann die bereits ausgelieferten Ausgaben beschlagnahmen und vernichten. Ich selbst besitze noch zwei solche Exemplare; als man sie von mir zurückverlangte, konnte ich mich beim besten Willen nicht mehr erinnern, wo sie hingekommen waren.

Würde der Zensor seine Arbeit erledigen, ehe die Morgenausgabe gedruckt ist, wäre er längst nicht so lästig, aber natürlich können die Zeitungen nach fünf Uhr früh nicht allzu lange warten, bis er sein Urteil fällt – dann könnten sie ihr Geschäft gleich einstellen. Daher gehen sie lieber in Druck und nehmen das Risiko auf sich. Wenn sie die Zensur dennoch trifft, müssen sie die inkriminierten Artikel herausnehmen und die ganze Ausgabe von Neuem drucken. Das verzögert die Auslieferung um etliche Stunden und Kosten verursacht es obendrein. Die Regierung erhält die zensierte Auflage freilich umsonst. Müsste sie sie käuflich erwerben, hätte man gewiss mehr Freude daran und wohl auch mehr Befriedigung. Außerdem wäre die Zeitung dann bestimmt auch dicker. Manche Blätter ersetzen die zensierten Artikel nicht mit anderen Texten; sie nehmen nur den Bleisatz heraus und hinterlassen leere Flecken – traurige weiße Vierecke, versehen mit dem Vermerk „*Confiscirt*".

Die Regierung behindert die Verbreitung von Zeitungsnachrichten auf alle möglichen Arten. So ist zum Beispiel der Verkauf auf der Straße nicht erlaubt – der Beruf des Zeitungsjungen ist in Wien gänzlich unbekannt. Zudem wird auf jedes Exemplar eine Stempelgebühr von fast einem Cent eingehoben. Jede amerikanische Gazette, die mich hier erreicht, trägt eine Stempelmarke, die entweder schon im Postamt oder unten am Hotelempfang aufgeklebt wurde. Doch egal, wer sie angebracht hat, bezahlen muss ich sie, und das ist die Hauptsache. Mitunter schicken mir Bekannte so viele Zeitungen, dass ich den Lohn einer ganzen Woche Arbeit aufwende, um die hiesige Regierung zu finanzieren.

Ich muss hier am Rande etwas erwähnen, das mit dem Interesse der Regierung an Ruhe und Ordnung ebenfalls zusammenhängt: Angeblich sieht sie es nicht gern, wenn Einzelne zu viel Einfluss im Lande erwerben, da solche Personen leicht zu Störenfrieden und Unruhestiftern werden können. „Wir verfügen über ebenso viele Talente wie jede andere Nation“, sagt dazu der einfache Bürger resigniert und ohne Bitternis, „doch zum Wohle der Allgemeinheit sollen wir sie nicht über Gebühr hervorkehren – und mehr noch, falls wir uns als unbelehrbar erweisen, werden wir mit ebenso viel Takt wie Geschick daran gehindert. Infolgedessen haben wir keine berühmten Namen aufzuweisen und im Laufe der Jahrhunderte kaum welche hervorgebracht – das heißt, wir haben nur selten jemandem gestattet, sich selbst hervorzubringen. Deshalb können wir heute behaupten, was keine andere große Nation in der Familie der christlichen Zivilisationen von sich sagen kann: dass sich noch kein Österreicher einen dauerhaften Namen geschaffen hat, welcher auf der ganzen Welt bekannt geworden wäre.“

Schließlich trägt auch die Armee zum Erhalt der Ruhe bei. Sie ist so allgegenwärtig wie die Luft zum Atmen. Sie ist überall. Insofern tragen alle bisher Genannten – ob aktiv, behilflich oder exekutierend – zur Wahrung der öffentlichen Ruhe bei und haben ihren jeweiligen Anteil daran. Gemeinsam sorgen sie für Gelassenheit und gemütliche Geruhsamkeit. Diese wird zwar gelegentlich für kurze Zeit gestört, etwa wenn die Leute aus Protest auf die Straße gehen – dann wird es auf einmal laut und immer lauter und schließlich *allzu* laut, bis die Armee mit großer Überzeugungskraft dazwischensprengt; gleich darauf ist die Ruhe wiederhergestellt und vom Protest nichts mehr zu hören.

Es gibt eine Verfassung und es gibt ein Parlament. Das Abgeordnetenhaus hat 425 Mitglieder, die aus den neunzehn oder zwanzig bereits erwähnten Kronländern stammen. Diese Männer repräsentieren Völker, die elf verschiedene Sprachen sprechen. Das bedeutet elf unterschiedliche Spielarten von Eifersüchteleien, Feindseligkeiten und widerstreitenden Interessen. Das allein ließe erwarten, dass es im Parlament reichlich unharmonisch zugeht und die Gesetzgebung zeitweise ihre Schwierigkeiten hat – was ja auch der Fall ist. Die Volksvertretung ist in viele verschiedene Parteien zersplittert: die Klerikalen, die Fortschrittlichen, die Deutsch-Nationalen, die Jungtschechen, die Sozialdemokraten, die Christlichsozialen und noch einige mehr. Unter ihnen Koalitionen zu schmieden, die eine konstruktive Arbeit zuließen, ist kaum möglich. In aller Regel ziehen sie es vor, getrennt zu kämpfen.

Die jüngsten Zerwürfnisse gehen auf die Bedrängnis zurück, in der sich Graf Badeni befand. Ohne Mehrheitsvotum des Parlaments im Rücken konnte er seine Regierung nicht weiterführen, und um sich ein solches zu sichern, musste er gewissermaßen einen Handel eingehen. Er traf ihn mit den Tschechen – den Böhmen. Die Bedingungen haben ihm bestimmt wenig Freude bereitet, musste er doch eine Verordnung erlassen, die in Böhmen neben dem Deutschen das Tschechische zur Amtssprache erhob. Das löste einen Sturm der Empörung aus. Die Deutschen in Österreich-Ungarn waren ohne Ausnahme erbost. Zahlenmäßig bilden sie zwar nicht mehr als den vierten Teil der Gesamtbevölkerung des Reiches, dennoch bestehen sie darauf, dass die öffentlichen Angelegenheiten des Landes in einer gemeinsamen Sprache abgewickelt werden – und zwar in einer Weltsprache, was das Deutsche ja ist.

Indes sicherte Badeni sich so seine Mehrheit. Das deutsche Element im Parlament schien hilflos geworden und die tschechischen Deputierten jubelten.

Das aber war erst der Auftakt. Badenis Manöver verlief alles andere als glatt – zu seiner Enttäuschung segelte er von Anfang an in stürmischen Gewässern. Die Regierung musste den *Ausgleich* durchbringen, ein Scheitern konnte sie sich unter keinen Umständen erlauben. Badenis Mehrheit war zwar bereit, ihn zu unterstützen, doch die Minderheit im Parlament zeigte sich entschlossen, die Abstimmung zu obstruieren und so lange zu verzögern, bis die verhasste Sprachenverordnung zugunsten des Tschechischen wieder *ad acta* gelegt würde.

Der *Ausgleich* ist eine verbindliche Regelung, ein Abkommen, das Österreich und Ungarn zusammenhält. Erstmals im Jahre 1867 vereinbart, muss er alle zehn Jahre erneuert werden und schreibt den Beitrag fest, den Ungarn zu den Ausgaben der kaiserlichen Regierung zu leisten hat. Ungarn ist ein Königreich (sein König ist der österreichische Kaiser), das zwar über ein eigenes Parlament und Regierungswesen verfügt, jedoch über kein Außenministerium und auch keine eigene Armee – seine Truppen sind Teil der gemeinsamen Armee, die aus der kaiserlichen Schatulle bezahlt wird und unter dem Kommando des k. u. k. Kriegsministeriums steht.

Die zehnjährliche Erneuerung wäre vor Jahresfrist fällig gewesen, ist aber nicht durchgegangen. Jedenfalls nicht ganz, weshalb man sich für die Dauer eines Jahres auf einen Kompromiss geeinigt hat. Nun musste noch vor Jahresablauf ein neuer *Ausgleich* verabschiedet werden, da die beiden Länder sonst in zwei getrennte Staatswesen zerfallen würden. Der Kaiser bliebe zwar weiterhin König von Ungarn – aber eben König eines unabhängigen fremden Landes. An der österreichischen Grenze würden ungarische Zollschranken errichtet, es gäbe eine ungarische Armee und einen ungarischen Außenminister. Beide Staaten würden davon geschwächt, beide hätten Schaden erlitten.

Die Opposition im Abgeordnetenhaus, wiewohl in der Minderheit, war angesichts des in Verhandlung stehenden *Ausgleichs* gut gerüstet: Gelang es ihr, seine Verabschiedung um ein paar Wochen zu verzögern, würde die Regierung die verhasste Sprachenverordnung zweifellos zurückziehen müssen – oder andernfalls Ungarn verlieren.

Die Opposition begann ihren Kampf. Ihre Waffe war die parlamentarische Geschäftsordnung, durch deren geschickten Einsatz man die Mehrheit vollkommen wehrlos machen und beliebig lange zappeln lassen konnte. So konnte die Opposition das Parlament immer wieder lahmlegen, indem sie die Vertagung der Sitzung beantragte. Sie konnte die namentliche Abstimmung über diesen Antrag verlangen und allein darüber vergingen jeweils dreißig Minuten. Sie konnte die Verlesung des Protokolls der vorangegangenen Sitzung fordern, auch hierüber wieder abstimmen lassen und damit einen weiteren halben Tag gewinnen. Sie konnte vor Eröffnung jeder Sitzung verlangen, dass mehrere ihrer Mitglieder auf die Liste der vorgesehenen Redner gesetzt würden; und da nirgendwo eine Zeitbeschränkung vorgesehen war, ließen sich noch weitere Verzögerungen erzielen.

Das waren alles durchaus legitime Waffen und die Mitglieder der Opposition (technisch gesehen die Linke genannt) schöpften lediglich ihre Möglichkeiten aus, nutzten sie allerdings zu derart fatalen Zwecken, dass die parlamentarische Arbeit völlig zum Erliegen kam. Die Rechte (die Regierungsseite) konnte nichts mehr ausrichten. Doch dann hatte sie einen rettenden, wenn auch etwas eigenwilligen Einfall. Er bestand darin, dass das Präsidium des Reichsrats die Geschäftsordnung je nach Bedarf mit Füßen treten sollte!

Und das einer ohnehin schon zutiefst verbitterten Minderheit – ebenso gut hätte man Öl ins Feuer gießen können! Für den müßigen Fremden wurde es Zeit, sich einen Platz auf der Besuchergalerie zu suchen, um zu sehen, was sich daraus entwickeln würde.

II.
Eine denkwürdige Sitzung

Und so kam es zu jener denkwürdigen Reichsratssitzung, die gleich zwei Rekorde auf einmal brach. Sie währte fast zwei volle Tage und eine ganze Nacht und übertraf damit die längste bekannte Sitzung in der parlamentarischen Geschichte der Welt um eine halbe Stunde, während mit dem zwölfstündigen Einsatz des Dr. Lecher der wohl längste ununterbrochene Redefluss verzeichnet wurde, der seit Anbeginn aller Zeiten einer menschlichen Kehle entsprungen ist.

Am Abend des 28. Oktober, als das Abgeordnetenhaus schon beinahe zehn Stunden lang getagt hatte, wurde um 20.45 Uhr Dr. Lecher das Wort erteilt. Der Ort war für dramatische Effekte gut gewählt: Ich denke, kein anderes Senatsgebäude ist so stattlich wie das österreichische, noch so reichhaltig und prachtvoll ausgestattet. Sein Grundriss ist der eines Opernhauses. Zur Stirnseite hin – wo sich die Bühne befände – steigen mehrere Tribünen mit den Plätzen der Minister und amtlichen Schrift- und Protokollführer terrassenförmig nach oben; auf diesen Tribünen von gut dreißig Fuß Länge steht jeweils ein halbes Dutzend Tische in einigem Abstand voneinander. Darüber und schon direkt an der Wand thront das Präsidium auf einer eigenen Tribüne, die dem Vorsitzenden und seinen Beamten vorbehalten und geziemend möbliert ist. Die Wand ist aus prächtig getöntem und auf Hochglanz poliertem Marmor, dessen Paneele mit kannelierten Säulen und Pilastern von erlesener Anmut und Erhabenheit durchbrochen sind und in der elektrischen Beleuchtung kühl und weich schimmern. Um das geräumige Halbrund des Saales schwingen sich in einem Bogen die auf zwei Ebenen untergebrachten Besucherlogen und -galerien, deren Vorderfront reichhaltig verziert und großzügig vergoldet ist. Die 425 Abgeordnetenpulte im Parkett des Reichsrats erstrecken sich fächerförmig von der Präsidententribüne aus in den Saal.

Die Galerien sind an diesem denkwürdigen Abend besonders gut besucht; es hat sich herumgesprochen, dass der *Ausgleich* zur Debatte steht, der Vorsitzende, Ritter von Abrahamowicz, die Geschäftsordnung zuletzt wiederholt missachtet hat, die Opposition

Sitzung des Abgeordnetenhauses des Reichsrates, 1885

folglich in heller Empörung ist und die Nachtsitzung daher einiges an Aufregung verspricht.

Die Besucher auf den Galerien sind modisch gekleidet, wobei die Eleganz der Damen im hellen Licht der elektrischen Leuchter für ein lebhaftes und charmantes Schauspiel sorgt.

Unten im Plenarsaal herrschen keine modischen Ansprüche. Die Abgeordneten tragen Tageskleidung, in manchen Fällen gepflegt und korrekt, in anderen weniger; man sieht vielleicht drei Abgeordnete in Abendgarderobe, mehr aber nicht. Dann gibt es noch einige katholische Priester in langen schwarzen Soutanen und mit Kruzifixen um den Hals. Niemand trägt Hut. An diesen Details mag man ersehen, dass der Anblick weniger an eine abendliche Sitzung im britischen House of Commons erinnert, sondern eher an unser Repräsentantenhaus.

Auf seinem erhöhten Platz sitzt Präsident Abrahamowicz, die Zielscheibe des grenzenlosen Hasses der Opposition; er hat sich in die Tiefen seines Fauteuils zurückgelehnt und hält den Kopf gesenkt. Jetzt führt er die gespreizten Hände nachdenklich vor der Brust zusammen und tippt die Fingerspitzen aneinander, was den Eindruck eines Menschen erweckt, der gern zur Sache käme, einstweilen aber noch warten und sich dabei möglichst in Geduld üben muss. Unwillkürlich denkt man an Richelieu. Ab und an dreht er den Kopf zur Seite und antwortet jemandem, der sich zu ihm herunterbeugt. Dann trommelt er von Neuem mit den Fingern. Er wirkt müde und wohl auch ein wenig ungehalten. Abrahamowicz ist ein grauhaariger, schlanker und groß gewachsener Mann mit einem farblosen, langen Gesicht, das, wenn es entspannt ist, an eine Totenmaske denken lässt; steht er jedoch unter Anspannung, wogt und brandet ein aufgewühltes Lächeln über seine Züge, schwemmt sie hierhin und dorthin und ist nicht immer ohne Weiteres zu deuten – ist es ein frommes, ein heiliges, ein seliges Lächeln? Oder doch eher ein ablehnendes? Oder womöglich ein bittendes, demütig flehendes? Wenn er es aufsetzt, öffnet sich der große Mund, die geschmeidigen Lippen, zuerst nur leicht geschürzt, werden breiter und gleich wieder spitz, geraten auf ebenso leutselige wie überzeugungskräftige und insgesamt engelhafte Weise in Bewegung und geben mitunter den Blick auf die großen Zahnreihen frei; das wiederum tut der Heiligkeit des Lächelns Abbruch und verleiht diesem sekundenlang ein sehr weltliches, politisches und satanisches Gepräge. Für den Beobachter ist es ein ausgesprochen interessantes Mienenspiel. Dazu noch die feingliedrigen Hände und der in die Länge gezogene

Körper – sie leisten dem Gesichtsausdruck hervorragende Hilfe und verleihen den staatsmännischen Worten noch zusätzlichen Nachdruck.

Zurück zur Handlung. In jenem Moment, den ich soeben beschrieben habe, starrten die Besucher auf den Galerien bereits gebannt und erwartungsvoll auf Bühne und Parkett. Die eine Hälfte des großen Fächers aus Tischen war übrigens leer und verlassen, dafür standen in der anderen mehrere Hundert Abgeordnete eng aneinandergedrängt wie die Kletten. Auch sie warteten gespannt und ungeduldig ab. Dann sprach der Vorsitzende den folgenden Satz:

„Ich erteile dem ersten Contra-Redner, Herrn Abgeordneten Dr. Lecher, das Wort."

Darauf brach ein so wilder, stürmischer und ohrenbetäubender Lärm los, wie er auf unserem Planeten nicht mehr zu hören war, seit die Komantschen zum letzten Mal mitten in der Nacht eine weiße Siedlung überfallen haben. Geschrei von der Linken, Geschrei von der Rechten, Schreiduelle auf allen Seiten zugleich und über den Köpfen ein Durcheinander wild fuchtelnder, wütend drohender Arme und Hände. Aus der Mitte dieses donnernden und tosenden Sturms erhob sich Dr. Lecher; gelassen und gesammelt und mit einer Körperlänge gesegnet, die ihn alle anderen überragen ließ. Er begann seine zwölfstündige Rede. Jedenfalls sah man, dass sich seine Lippen bewegten und das war Nachweis genug. Hoch droben thronte der Vorsitzende, forderte Ruhe ein, die langen Finger wie zum Gebet aneinandergelegt, mit den Lippen sichtbar – jedoch nicht hörbar – Worte bildend. Dann und wann packte er seine Glocke, schwang sie energisch auf und nieder und fügte ihr schrilles Läuten dem im Saal tosenden Lärm hinzu.

Dr. Lecher setzte unterdessen gleichmütig und ungerührt seine pantomimische Rede fort. Hie und da stieg eine kräftige Stimme über das Geschrei hinaus und verschaffte sich mit einem Zuruf tatsächlich Gehör. Dann flaute der Lärm für wenige Momente ab und es war möglich, zu hören, was der Vorsitzende darauf wohl antworten würde; doch sogleich brach der Krach von Neuem los. Offenbar warf man dem Vorsitzenden allerlei illegale Machtausübung im Interesse der Rechten (der Regierungsseite) vor, etwa dass er auf der Tagesordnung stehende Punkte willkürlich für beendet erklärte, ehe diese abgehandelt waren, das Rederecht auf unfaire Weise verteilte, Abgeordneten, die auf der Rednerliste standen, aufgrund von Protesten und Gezeter das Wort verweigerte oder Redner aus ebendiesen Gründen unterbrach und noch andere Regeln der Geschäftsordnung missachtete. Einer der auffälligsten Zwischenrufer war ein junger Mann von schmächtiger Statur und ordentlichem Äußeren, der etwas abseits der kompakten Menge mit verschränkten Armen und übereinandergeschlagenen Füßen in nachlässiger Haltung an einem Pult lehnte. Adrett und gut aussehend, ein ausdrucksstarkes Gesicht mit schmalen Zügen und spärlichem Schnurrbart, das schwarze Haar leicht zerzaust, dazu eine resonante und wohlklingende, in Tonhöhe und Modulation angenehme Stimme. Das ist Wolf, einer, der sich gerne mit Säbel und Pistole schlägt, darin auch durchaus geübt ist und sich erst kürzlich mit dem Regierungsoberhaupt Graf Badeni duelliert hat. Nachdem er Badeni ein Loch in den Arm geschossen hatte, begab er sich höflich und gemessenen Schrittes zu ihm, inspizierte seinen Treffer, schüttelte dem Gegner die Hand und drückte ihm sein Bedauern aus. Von ihm kam nun, bei all dem Geschrei gut hörbar, der folgende mit donnernder Stimme hervorgebrachte Zuruf:

„Herr Präsident, ich bitte ums Wort zu einem Antrage!"

In die plötzliche Stille hinein erwiderte der Präsident: „Ich habe dem Herrn Abgeordneten Dr. Lecher das Wort erteilt."

Wolf: „Ich beantrage den Schluss der Sitzung!"

Abrahamowicz: „Der Herr Abgeordnete Dr. Lecher hat das Wort." [Stürmischer Lärm auf der Linken, also vonseiten der Opposition.]

Wolf: „Ich bitte ums Wort zu einem formalen Antrage!" [Pause.] „Herr Präsident, werden Sie mir jetzt das Wort geben oder nicht?" [Lauter Beifall von der Linken.] „Ich werde so lange um das Wort bitten, bis Sie mir das Wort geben müssen!"

Abrahamowicz: „Ich rufe den Herrn Abgeordneten Wolf zur Ordnung. Der Herr Abgeordnete Dr. Lecher hat das Wort."

Wolf: „Herr Präsident, werden Sie jetzt die Geschäftsordnung wahren?" [Tosender Applaus und Geschrei auf der Linken – ein Gebrüll, das lange anhielt und den ordentlichen Sitzungsablauf vorläufig zum Erliegen brachte.]

Dr. von Pessler: „Es sind Anträge gestellt worden, über die abgestimmt werden muss. Lassen Sie abstimmen, die Anträge sind geschäftsordnungsmäßig!"

Zur Antwort schwang der Präsident (der Pole ist – wobei ich mit dieser Bemerkung etwas vorgreife) sehr energisch seine Glocke auf und ab, und zwar im selben Moment, da das Pandämonium wieder anhob.

Wolf [durch den Lärm hindurch]: „Herr Präsident, ich

verlange das Wort. Wir wollen hier und jetzt sehen, was härter ist, *ein deutscher Schädel oder ein Polackenschädel!*"

Diese Schmähung rief aufseiten der Linken einen wahren Sturm der Befriedigung hervor. In den Trubel hinein beantragte wiederum jemand anderer lautstark den Schluss der Sitzung. Der Vorsitzende antwortete höflich bestimmt, es sei immer noch Dr. Lecher am Wort. Was zutreffend war – dieser sprach auch wirklich und tat dies auf ruhige, besonnene und schlüssige Weise; unterdessen hatten die Parlamentsstenographen ihre Plätze verlassen und hingen an Dr. Lechers Lippen, der sich vorbeugte und ihnen ins Ohr deklamierte – eine höchst amüsante und interessant anzusehende Szene.

Dr. von Pessler [an den Vorsitzenden]: „Treiben Sie uns nicht zum Äußersten!"

Der Lärm brach von Neuem los: Beifallsgeschrei von der Linken, Buhrufe und ironisches Gelächter von der Rechten. An diesem Punkt wurde ein bislang unbekannter und höchst effektiver Krachmacher in Dienst gestellt: Jedes Abgeordnetenpult verfügt über eine Verlängerung, ein herausnehmbares Brett, das achtzehn Zoll lang, sechs Zoll breit und einen halben Zoll stark ist. Ein Abgeordneter zog seines nun heraus und fing damit an, es auf die Schreibfläche vor sich knallen zu lassen. Im Nu taten es ihm andere nach und man wird sich vorstellen können, was dabei herauskam: Von allen erdenklichen Arten, Lärm zu schlagen, dürfte dies die markerschütterndste, unerträglichste und insgesamt grässlichste sein.

Der solcherart heimgesuchte Vorsitzende lehnte sich im Sessel zurück, schloss die Augen, verschränkte die Hände im Schoß und auf sein langes Gesicht legte sich ein Ausdruck gequälter Resignation. So muss vor langer Zeit ein Schulmeister auf dem Lande dreingeblickt haben, wenn er seine Klasse mit Nachsitzen strafte und diese sich in ungehobelter Manier und aufrührerischer Empörung gegen ihn wandte. Zweimal bereits war der Antrag auf Schluss der Sitzung eingebracht worden – in anderen Häusern ein durchaus ordnungsgemäßes Procedere, und zweifellos auch in diesem. Der Vorsitzende hatte sich jedoch geweigert, über diese Anträge abstimmen zu lassen, und befand sich nun in einer unangenehmen Lage: Einerseits machte man ihm das Leben zur Hölle, andererseits konnten Abstimmungen über Anträge, ob diese nun angenommen oder abgelehnt würden, endlose Verzögerungen und den Aufschub des *Ausgleichs* ins nächste Jahrhundert bedeuten.

Inmitten all dieser unseligen Umstände und dieses Orkans aus Gebrüll und Geschrei und satanischem Pultbrettgeklapper erinnert der Abgeordnete Dr. Kronawetter den Vorsitzenden unbarmherzig daran, dass ein Antrag eingebracht wurde, und fügt obendrein hinzu: „Sagen Sie Ja oder Nein! Wozu sitzen Sie oben, wenn Sie nichts reden?"

Abrahamowicz: „Nachdem ich bereits dem einen Redner das Wort erteilt habe, kann ich es nicht noch einem anderen erteilen. Sobald der Herr Abgeordnete Dr. Lecher geendet hat, werde ich darüber abstimmen lassen."[1] [Sturm der Entrüstung auf der Linken.]

Wolf [zum Vorsitzenden]: „Zum Teufel nochmal! Lesen Sie nur den betreffenden Paragrafen der Geschäftsordnung!"

Dr. Kronawetter: „Ich beantrage Schluss der Sitzung und namentliche Abstimmung über diesen Antrag!"

Dr. Lecher: „Herr Präsident, bin ich am Wort?"

Abrahamowicz: „Sie sind am Wort."

Wolf [zum Vorsitzenden, mit einer Stentorstimme, die wie eine Klinge durch den Lärm schneidet]: „Durch solche unverschämte Brutalitäten werden Sie uns zum Äußersten treiben! Wollen Sie es abwarten, bis man Ihnen das bezeichnende Wort[2] ins Gesicht schleudert? [Tobende Entrüstung von rechts.] Wollen Sie es darauf ankommen lassen, Mann mit dem grauen Kopfe? [Lang anhaltendes Klappern der Pultbretter von der Linken, dazu die Forderung: „Abstimmen! Abstimmen!", und ein ironischer Zwischenruf von der Rechten: „Oho, bestimmt jetzt der Wolf?"]

Wolf lässt nicht davon ab, das Rederecht für seinen Antrag einzufordern. Und endlich ...

Abrahamowicz: „Ich rufe den Herrn Abgeordneten Wolf zur Ordnung. Ihr Betragen ist unerhört! Sie vergessen, dass Sie sich hier im Parlament befinden; bedenken Sie bitte, wo Sie sind, mein Herr!" [Applaus von der Rechten. Dr. Lecher spricht währenddessen seelenruhig weiter, die Stenographen hängen an seinen Lippen.]

Wolf [schlägt mit dem Pultbrett auf seinen Tisch ein]: „Herr Präsident, ich bitte ums Wort, sonst werde ich die Sitzung stören. Ich protestiere! Ich werde nicht eher nachgeben, als bis mir mein Recht [zuteil] wird! Ich lasse nicht zu, dass die Geschäftsordnung mit Füßen getreten wird – nein, eher sterbe ich! Ich gebe nicht nach! Sie müssen mich mit Gewalt abhalten. Bin ich nun am Worte?"

1 Manche der Zitate finden sich in keinem Stenographischen Protokoll. Es dürfte sich dabei um Zurufe handeln, die für Mark Twain hörbar waren, in die Protokolle jedoch nicht aufgenommen wurden. Ebenso verhält es sich mit manchen der von Mark Twain zitierten Namen der Abgeordneten. Die Übersetzung folgt dem Original.

2 Fußnote Mark Twains: „Also Revolution."

Abrahamowicz: „Herr Abgeordneter Wolf, was ist das für ein Benehmen? Ich rufe Sie nochmals zur Ordnung. Haben Sie denn gar keine Würde?“

Dr. Lecher spricht weiter. Wolf wendet sich nun mit einer beleidigenden Anspielung direkt an ihn.

Dr. Lecher: „Ich bitte den Herrn Abgeordneten Wolf mit derartigen Vorwürfen ruhig zu sein.“ [Dazu stürmisches Händeklatschen von der Rechten.]

Dies war Applaus von der falschen Seite, denn Lecher gehört, wie Wolf selbst, den Obstruktionisten an.

Wolf knurrt in Richtung Lecher: „Das hat Ihnen den Beifall der Tschechen eingetragen!“

Abrahamowicz: „Ich rufe den Herrn Abgeordneten Wolf nochmals zur Ordnung. Vergessen Sie nicht, dass Sie ein Abgeordneter sind!“

Wolf [mit dem Pultdeckel auf den Tisch eindreschend]: „Ich will aber das Wort zur geschäftlichen Behandlung haben! Werden Sie mir nun das Wort erteilen oder nicht?“

Und immer noch erscheint kein Saalordner. Das liegt daran, dass es keinen gibt. So seltsam das klingt, aber der Parlamentsvorsitzende verfügt über kein wirksames Mittel, um für Ordnung zu sorgen.

Nach etlichen weiteren Unterbrechungen:

Wolf [mit seinem Pultdeckel schlagend]: „Ich verlange das Wort. Ich werde nicht ablassen!“

Abrahamowicz: „Ich habe kein Mittel gegen den Abgeordneten Wolf in der Hand. Angesichts eines derartigen Verhaltens ist allerdings sehr zu bedauern, dass das so ist.“ [Zwischenruf von rechts: „Werfen Sie ihn raus!“]

In der Tat besitzt der Vorsitzende keine durchschlagende Handhabe. Es gibt zwar einen sogenannten „Ordner“, den er in äußerster Not zu Hilfe rufen kann, doch darf dieser lediglich seine Überredungskünste einsetzen, aber keinen Zwang ausüben. Er ist ein Exekutivorgan ohne Befugnis; eine Pistole, die zwar hübsch anzusehen, aber zu nichts nütze ist.

Wolf fuhr noch weitere zwanzig oder dreißig Minuten fort, mit seinem Pultdeckel Lärm zu schlagen und auf sein Recht zu pochen; schließlich drohte der ermattete Vorsitzende damit, den Ordnungshüter herbeizurufen. Welchen Widerwillen ihm das bereitete, war sowohl seiner Miene wie auch seinen Worten zu entnehmen. Offenkundig bereitete es ihm Qualen, zu einem so drastischen Mittel greifen zu müssen. Er sprach Wolf unmittelbar an: „Wenn das so weitergeht, werde ich die Ordner ersuchen, Ordnung zu schaffen!"

Wolf: „Das möchte ich mir anschauen! Ziehen Sie doch gleich noch ein paar Polizisten hinzu! [Großer Tumult.] Werden Sie nun meinen Antrag auf Vertagung zur Abstimmung bringen oder nicht?"

Dr. Lecher setzt währenddessen seine Rede fort. Wolf begleitet ihn mit dem Krach seines Pultbretts.

Der Präsident entsendet den Ordner Herrn Dr. Lang (selbst ein Abgeordneter) mit dem Auftrag, für Ruhe zu sorgen. Wolf stellt sich ihm mit erhobenem Pultbrett und einer Bemerkung entgegen, wie sie Boss Tweed, einer unserer New Yorker Stadtherren, gesagt haben könnte: „Dann wollen wir doch einmal sehen, was Sie jetzt tun wollen." [Lärm und Geschrei im gesamten Sitzungssaal.]

Wolf besteht auf seinem Recht und verkündet, er werde es weiterhin einfordern, selbst wenn man ihn auf der Stelle totschlüge. Dann nimmt er das Pultbrettgeklapper wieder auf, der Vorsitzende schwingt seine Glocke und fleht um Ruhe im Saal, und die übrigen Abgeordneten verstärken den allgemeinen Krach, so gut sie es vermögen.

Wolf: „Ich verlange eine Vertagung der Sitzung, da ich mich persönlich bedroht sehe. [Gelächter auf der Rechten.] Nicht dass ich um mich selbst fürchten würde; ich habe nur Sorge, was diesem Manne widerfahren könnte, wenn er mich anrührt."

Ordner: „Ich werde mich gewiss nicht mit Ihnen schlagen."

Die Bemühungen des Friedensapostels erwiesen sich als vergeblich, und er verschwand auch prompt wieder in den Kulissen. Wolf setzte seinen Krach beharrlich fort und ließ auch von seiner Forderung, das Wort zu erhalten, nicht ab, wobei er den Pultdeckel bisweilen ruhen ließ, um dem Vorsitzenden Kritik und Schmähungen an den Kopf zu werfen. Einmal erinnerte er ihn an dessen nicht eingehaltenes Versprechen, ihm das Wort zu erteilen, und sagte dazu: „Dort, wo ich herkomme, da nennt man den Wortbrüchigen einen Schuft!" Auch gab er dem Vorsitzenden den guten Rat, sein Gewissen als sanftes Ruhekissen mit ins Bett zu nehmen. Ein andermal sagte er, der Vorsitzende mache sich vor ganz Europa lächerlich. In der Tat war Wolfs Wortwahl mitunter in höchstem Maße unparlamentarisch. Mit der Zeit kam er auf den Einfall, mit seinem Pultdeckel regelrechte *Melodien* zu schlagen. Etwas später beschloss er, das Rederecht nicht länger einzufordern, sondern es sich einfach selbst zu erteilen. Und so sprachen er und Dr. Lecher von da an gleichzeitig, wobei ihre Äußerungen im übrigen Lärm untergingen und niemand mehr auch nur ein Wort der beiden verstand. Hie und da unterbrach Wolf seine Rede, um stattdessen mit trompetender Stimme aus einem Pamphlet vorzulesen.

Ich sollte an dieser Stelle erläutern, dass Dr. Lecher keineswegs zum Zeitvertreib zwölf Stunden lang redete, sondern aus wichtigen Gründen. Die Regierung hegte nämlich die Absicht, den *Ausgleich* in dieser Sitzung (so stand es auf der Tagesordnung) durch die erste Lesung zu peitschen und ihn sodann per Abstimmung an einen eigenen Ausschuss zu verweisen. Das unlautere Vorhaben der Mehrheit – und die Opposition hatte dies klar erkannt – bestand darin, jede Debatte der Gesetzesvorlage im Lärm untergehen zu lassen und zu verhindern. Wäre die Debatte erst geschlossen, würde die Abstimmung über die Befassung im Ausschuss folgen – und mit einem Sieg für die Regierung enden. Womit die Regierung freilich nicht gerechnet hatte, war die von einem einzigen Mann gehaltene Rede, die nicht nur die gesamte Sitzungsdauer beanspruchen, sondern bei allem Lärm auch noch zu einem schlüssigen Ende geführt würde. Goliath hatte nicht mit David gerechnet. Doch David war am Wort und zog über zwölf Stunden hinweg seelenruhig einen statistischen, historischen und argumentativen Stein nach dem anderen aus seiner Hirtentasche und schleuderte sie dem Riesen an den Kopf; und als er geendet hatte, blieb er der Sieger, und das Ziel war erreicht.

Im britischen Unterhaus haben Obstruktionisten schon mit Bibellesungen und diversen anderen nicht zur Sache gehörenden Inhalten das Rednerpult besetzt gehalten; Dr. Lecher war dieses vergleichsweise erholsame und mühelose Privileg nicht gegönnt – er musste sich striktest an das Thema der Tagesordnung halten. Mehr als einmal, wenn ihn der Vorsitzende durch den im Saal herrschenden Tumult nicht hören konnte, entsandte er andere, damit sie zuhörten und ihm berichteten, ob der Redner auch wirklich zum Thema sprach.

Dieses Thema war ein besonders schwieriges, und es wäre wohl jedem anderen Abgeordneten schwergefallen, sich auch nur drei Stunden lang daran zu halten, ohne sein gesamtes Pulver zu verschießen, erforderte es doch ein gewaltiges und genaues Wissen über die Beziehungen zwischen den beiden großen Hoheitsgebieten Ungarn und dem Kaiserreich sowie detaillierte und ausführliche Kenntnisse in puncto Handels-, Eisenbahn-, Finanz- und internationales Bankwesen. Nun ist aber Dr. Lecher in seiner Heimatstadt Brünn Vorsitzender der Handelskammer und meisterte seine Aufgabe

Reichsratsgebäude (Parlament), Karyatidenportal, um 1885

spielerisch. Die Rede war nicht vorbereitet. Er hatte sich lediglich einige Notizen gemacht, um nicht den Faden zu verlieren, die Fakten hatte er jedoch allesamt im Kopf. Er war mit Herz und Seele bei der Sache, und so stand er zwölf volle Stunden am Rednerpult, ließ sich von dem Getöse ringsum nicht stören und gab gewandt und beredt und zuversichtlich die Schätze seines Wissens zum Besten, argumentierte mit Verstand und Vernunft und kleidete überdies alles in eine eloquente und tadellose Sprache.

Dr. Lecher ist ein junger Mann von siebenunddreißig. Er ist groß gewachsen und wohlproportioniert und hat seine Muskeln beim Bergsteigen geformt und gestählt. Sähe er noch eine Spur besser aus, wäre er in meinen Augen das Abbild von Chauncey Depew, jenem vor einigen Jahren bei den legendären Abendgesellschaften in Neuengland oft gesehenen Gast:[3] Lecher verfügt wie dieser über Charme und rhetorische Eleganz.

Eine einzige Bedingung hatte Dr. Lecher zu erfüllen, wenn er am Wort bleiben wollte: Er musste sich auf den Beinen halten. Hätte er sich auch nur für einen kurzen Moment zum Ausruhen hingesetzt, wäre ihm von seinem Gegner, dem Vorsitzenden, sogleich das Rederecht entzogen worden. Als er bereits drei oder vier Stunden lang gesprochen hatte, schlug er selbst eine kurze Vertagung vor, damit er sich von den Strapazen ein wenig erholen könne; allerdings stellte er seinen Antrag unter der Bedingung, dass er im Falle einer Abstimmungsniederlage weiterhin am Wort bliebe – und bei Annahme des Antrags nach Wiederaufnahme der Sitzung von Neuem das Wort ergreifen dürfe. Wolf ließ sich dadurch besänftigen und zog seinen eigenen tausendfach vorgebrachten Antrag zurück; über jenen von Dr. Lecher wurde abgestimmt – er wurde abgelehnt. Also setzte er seine Rede fort.

Gegen ein Uhr früh hatten die Aufregung und das Lärmschlagen nahezu jeden mit Ausnahme des Redners ermattet. Die Sitzreihen der Rechten hatten sich merklich geleert; die Parlamentarier waren aus dem Saal geschlüpft, um sich in den Erfrischungsräumen zu stärken oder in den Couloirs zu plaudern. Jemand merkte an, man sei nicht länger beschlussfähig, und stellte den Antrag auf Zählung der Anwesenden. Als der Vorsitzende (inzwischen Vizepräsident Dr. Kramář) sich weigerte, abstimmen zu lassen, folgte ein kleiner Disput über die Rechtmäßigkeit dieser Entscheidung, doch der Vorsitzende blieb standhaft.

Die Linke war indessen auf dem Schlachtfeld geblieben, um dem Verfechter ihrer Sache zur Seite zu stehen. Dieser fuhr beharrlich in seiner Rede fort, die zu keinem Zeitpunkt auch nur ein Quäntchen an Kraft, Elan, treffender Formulierungskunst und inhaltlicher Prägnanz einbüßte. Dies trug ihm schließlich Applaus ein – was seine Partei sogleich nutzbringend einsetzte: Ab und an zollte man ihm minutenlang ununterbrochenen Beifall, denn während dieser Zeit konnte er innehalten und seine Stimme eine Weile schonen, ohne darüber das Rederecht zu verlieren.

Gegen Viertel vor zwei verlangte ein Abgeordneter der Linken, Dr. Lecher eine Ruhepause zu gönnen, und nannte das Verhalten des Vorsitzenden „herzlos". Dr. Lecher selbst bat um zehn Minuten Pause. Der Vorsitzende gestattete ihm fünf. Noch ehe die Zeit um war, stand Dr. Lecher wieder am Rednerpult.

Wiederum polterte Wolf mit einem Antrag auf Schluss der Sitzung los. Den der Vorsitzende nicht zuließ. Wolf bemerkte, das ganze Parlament sei „keinen Schuss Pulver wert". Worauf der Vorsitzende erwiderte, dies sei wohl der Fall, „wenn ein Einzelner die ganzen Parlamentsverhandlungen unmöglich macht". Dr. Lecher setzte seine Rede fort.

Die Mitglieder der Mehrheitsfraktion verließen von Zeit zu Zeit in kleineren Gruppen den Saal, um sich mit einem Schläfchen auf den Sofas in den Empfangsräumen oder mit Speisen und Getränken – in kaum glaubhaften Mengen – zu erfrischen, doch die Minderheit hielt ihrem Helden unverwandt die Treue. Einige angesehene Abgeordnete der Mehrheit blieben aus Bewunderung für die beachtliche Leistung des Redners ebenfalls im Saal. Wenn jemand schon seit acht Stunden spricht, ist es dann denkbar, dass er immer noch interessant klingen, immer noch faszinieren kann? Und so war Dr. Lecher nach achtstündiger Rede nicht nur von Freunden umringt, die ihn nicht allein lassen würden, sondern auch von Gegnern (aller Parteien), die dies nicht *konnten;* sie alle hingen gebannt und verzaubert an seinen Lippen und brachten inzwischen alle ihre Hochachtung durch beständigen und herzlichen Beifall zum Ausdruck. Zweifellos war dies ein Triumph ohne Beispiel in der Geschichte.

Während der zwölfstündigen Strapaze wurden dem Redner von Freunden drei Glas Wein, vier Tassen Kaffee sowie ein Bier gebracht – eine äußerst spärliche Stärkung für seine schwindenden Kräfte, doch mehr gestattet der feindlich gesonnene Vorsitzende nicht. Dessen ungeachtet gelang es ihm nicht, diesen Mann in die

3 Chauncey Depew vertrat zunächst als Anwalt die Eisenbahninteressen Cornelius Vanderbildts und war von 1899 bis 1911 US-Senator von New York.

Knie zu zwingen. Dr. Lecher war die Garnison, die das Fort verteidigte, sich nicht aushungern ließ.

Als er acht Stunden lang geredet hatte, lag sein Puls bei 72; nach zwölf Stunden lag er bei 100.

Er beendete seine lange Rede mit folgenden Worten:

„Ich eile zum Schlusse meiner Auseinandersetzungen. [...] Ich glaube, den hochverehrten Herren dürfte es klar geworden sein, dass sich auf dieser [linken] Seite des Hohen Hauses keine besonderen Schwärmer für die neue Regierungsvorlage in ihrer derzeitigen Form finden. [...] Was zunächst verlangt werden muss, ist nichts anderes als eine formelle, umfassende und endgültige Lösung. Wir wünschen auf dieser Seite des hohen Hauses nichts anderes als eine *restitutio in integrum,* die Wiedereinsetzung in den früheren Stand, wir wünschen, dass alle Abmachungen vernichtet werden, welche diese unfähige Regierung mit Ungarn getroffen hat, und aus diesem Grund allein schon [...] müsste das Ministerium Badeni fallen!

Ich spreche eine Hoffnung aus, ich weiß nicht, ob sie erfüllt werden wird – ich spreche die innige, die patriotische, die aufrichtige Hoffnung aus, dass der Ausschuss, dem Sie diese Vorlage zuweisen, auf der Höhe seiner Aufgabe stehen wird,[4] und dass er vor dieses Haus mit Anträgen zum Ausgleichsprovisorium treten wird, welche gleich gerecht werden sowohl den wirtschaftlichen Interessen als auch der Ehre unseres Vaterlandes." Nach einer Pause, in der er sich an die Regierungsbänke richtet: „Uns aber, verehrte Herren von der Majorität, werden Sie wie früher, auch später, auf dem Platze finden, und seien Sie überzeugt, dass die Deutschen in Österreich weder sich ergeben noch sterben!"

Nun brachen wahre Beifallsstürme los, die aufbrandeten und verebbten, aufbrandeten und verebbten, sich wieder und wieder und wieder erhoben, von einer Explosion zur nächsten, Orkan um Orkan, ohne je wieder aufhören zu wollen; und währenddessen tobte die versammelte Linke um ihren heldenhaften Vertreter, jeder Einzelne darauf bedacht, ihm die Hand zu schütteln, ihn zu beglückwünschen und lauthals zu loben.

Schließlich entwischte er ihnen doch, ging nach Haus und aß fünf Laib Brot und zwölf Körbe Fisch, las die Morgenzeitungen, schlief drei Stunden und machte danach eine kurze Ausfahrt, ehe er ins Parlament zurückkehrte, um bis zum Ende jener insgesamt dreiunddreißig Stunden währenden Sitzung zu bleiben.

Allein zwölf Stunden lang an einem Fleck zu *stehen,* ist schon ein Kunststück, das wohl nur sehr wenige zustande brächten;

dieser Leistung noch die Äußerung einiger hunderttausend Worte hinzuzufügen, wäre jenseits der Möglichkeiten fast aller dieser wenigen; dazu aber noch der Bedingung gerecht zu werden, dass diese Worte in Form einer zusammenhängenden, kohärenten und schlüssig formulierten Rede präsentiert werden, würde vermutlich auch noch den Rest jener wenigen ausschließen – mit Ausnahme des Dr. Lecher.

4 Diese idiomatische Wendung dürfte Twain nicht verstanden haben; die Übersetzung zitiert aber aus dem Stenographischen Protokoll (mit einzelnen Ergänzungen).

Säulenhalle des Reichsratsgebäudes (Parlament)

III.
Kuriose parlamentarische Sitten

Infolge von Dr. Lechers zwölfstündiger Rede und allen anderen durch die Minderheit veranstalteten Obstruktionen erreichte die berühmte dreiunddreißigstündige Reichsratssitzung am Ende gar nichts. Die Regierungsseite hatte sich zwar nach Kräften und unter Zuhilfenahme aller verfügbaren Mittel, seien sie gesetzlich oder ungesetzlich, darum bemüht, den *Ausgleich* in den Ausschuss zu verabschieden, gelungen war es ihr trotz allem nicht. Für sie war das eine schwere Niederlage. Die Rechte war gedemütigt, die Linke jubilierte.

Das Parlament wurde für die Dauer einer Woche vertagt – wohl um den erhitzten Gemütern Gelegenheit zu geben, sich zu beruhigen – und damit ging wertvolle Zeit verloren, denn nun blieben nur mehr knapp zwei Monate, um den alles entscheidenden *Ausgleich* unter Dach und Fach zu bringen.

Sofern es mir überhaupt gelungen ist, das Benehmen im Hohen Haus auf verständliche Weise zu beschreiben, stellt sich der Leser nun gewiss erstaunt die Frage, woher diese Gesetzgeber kommen und wie sie beschaffen sind; und vermutlich denkt er, die bei jener langen Sitzung zur Schau gestellten Manieren seien jenseits aller Gepflogenheiten und womöglich einer besonderen Aufregung und Irritation geschuldet. Nun, was die Zusammensetzung des Parlaments betrifft, sieht sie folgendermaßen aus: Die Abgeordneten stammen aus allen Berufen und Gesellschaftsschichten. Unter ihnen finden sich Fürsten, Grafen, Barone, Priester, Bauern, Handwerker, Arbeiter, Rechtsanwälte, Richter, Ärzte, Professoren, Kaufleute, Bankiers und Krämer. Allesamt fromme Männer, ernsthaft, rechtschaffen und pflichtgetreu, und alle hassen sie die Juden. Der Doktortitel ist so verbreitet, dass man versucht ist, einen Abgeordneten, der ihn nicht trägt, allein deshalb für bemerkenswert zu halten. Man hat mir versichert, es handle sich keineswegs um einen selbst verliehenen Titel, noch werde man damit ehrenhalber ausgezeichnet, sondern müsse ihn sich *verdienen;* auch werde er in Österreich nur äußerst selten als bloße Ehrenbezeugung verliehen, sondern akademische Grade wie Doktor der Musik, Doktor der

Philosophie und so fort würden[5] von der jeweiligen Bildungsstätte zuerkannt. Wenn ein Österreicher also Doktor genannt wird, dann deshalb, weil er Rechtsanwalt ist oder Arzt, jedenfalls kein Autodidakt, sondern erfolgreicher Absolvent eines Universitätsstudiums.

So viel zur Frage nach der Zusammensetzung des Reichsrats. Nun zu den dort herrschenden kuriosen Sitten: Vorausgeschickt sei, dass die damals von jener Doktorenversammlung an den Tag gelegten Manieren keinesfalls ein völlig neues und erstmals erprobtes Experiment waren. Um zu illustrieren, dass die Abgeordneten darin bereits einige Übung hatten, möchte ich von einer früheren Sitzung berichten.

Im Parlament war es zu einem Zwischenfall gekommen. Die Würde des Hohen Hauses war durch die Ungehörigkeiten zweier Abgeordneter verletzt worden. Man übertrug die Angelegenheit an einen Ausschuss, welcher Schuldfrage und Schwere des Vergehens klären und vorschlagen sollte, wie es zu ahnden sei. Der Vorsitzende des Ausschusses legte seinen Bericht vor. Demnach soll der Abgeordnete Schrammel im Verlaufe einer Rede bemerkt haben, die Religion gehöre nicht in die Schulen, sondern sei Privatsache, worauf der Abgeordnete Gregorig dazwischenrief: „Ah! Aber die freie Liebe gehört hinein!"

Darauf warf der Abgeordnete Iro ein: „Sodawasser beim Wimberger!"

Den Abgeordneten Gregorig muss dieser Zuruf zutiefst beleidigt haben, da er nun seinerseits Iro anschrie: „Sie feiger Haderlump, sagen Sie das noch einmal!"

Der Ausschuss hatte drei Stunden getagt. Gregorig hatte sich entschuldigt, Iro eine Erklärung abgegeben und darauf bestanden, nichts über Sodawasser beim Wimberger gesagt zu haben. Er tat dies schriftlich und in aller Deutlichkeit: „Ich erkläre *ehrenwörtlich,* dass ich den mir in den Mund gelegten Zwischenruf nicht gebraucht habe."

Unglücklicherweise – für sein Ehrenwort – belegen die amtlichen Stenographen und die Aussagen mehrerer Abgeordneter, dass er ihn *sehr wohl* geäußert hatte.

Offiziell hatte der Ausschuss keine Kenntnis davon, warum die scheinbar belanglose Anspielung auf Sodawasser im Hotel Wimberger den Abgeordneten Gregorig dazu veranlassen sollte, den, der sie geäußert hatte, einen feigen Haderlump zu nennen; nach eingehender Beratung gelangte man aber trotzdem zu der Ansicht, die Angelegenheit sei in aller Form zu missbilligen. Dieses Urteil dürfte als äußerst streng aufgefasst worden sein, denn der Abgeordnete und Bürgermeister von Wien, Dr. Lueger, sah sich bemüßigt, die seinem Freund Gregorig angetane Schmach zu mildern, indem er ausführte, die Anspielung auf das Sodawasser sei keineswegs so harmlos gewesen, wie es vielleicht den Anschein hätte, und Gregorigs beleidigende Replik sei durchaus gerechtfertigt gewesen – und er erläuterte auch, warum. Dazu verlas er mehrere anstößige Korrespondenzkarten und gab zu verstehen, dass sie, wie durch die Handschrift ersichtlich, aus Iros Feder stammten, obschon sie anonym verschickt worden seien. Einige waren an Gregorigs Geschäftslokal adressiert und wurden wahrscheinlich von seinen sämtlichen Angestellten gelesen; die anderen waren *an Gregorigs Frau* geschickt worden. Lueger sprach es zwar nicht aus – es wussten ohnehin alle –, aber die Postkarten spielten auf einen stadtbekannten Tratsch an, der Herrn Gregorig als Hauptakteur einer Wirtshausszene anführte, bei welcher das Spritzen mit Sodawasserflaschen eine zentrale und jedenfalls feuchtfröhliche Rolle spielte und auch gewisse Frauen anwesend waren.

Es gab einige solcher Karten; eine ganze Menge sogar; an einem Tag wurden immerhin nicht weniger als fünf verschickt. Dr. Lueger las manche von ihnen vor, andere beschrieb er nur. Ein paar waren mit Bildern versehen: So zeigte eine ein Mastschwein mit monströser Schnauze[6] neben einer Siphonflasche, aus der Wasser spritzt; darunter folgte ein sarkastischer Knittelvers.

Gregorig handelt mit Hemden, Krawatten usw. Auf einer Karte stand die Anrede: „Sehr geehrter Herr Reichsratsabgeordneter und Kragennäher oder -stehler."

Auf einer anderen: „Es lebe die christlichsoziale Arbeit bei den Frauenversammlungen! Hoch der Siphonspritzer im ..." Kommentar von Dr. Lueger: „Das kann ich nicht einmal verlesen, die Unterschrift auch nicht."

Eine andere: „Bitte mir gefälligst mitzuteilen, ob ..." Kommentar von Dr. Lueger: „Was weiter darin steht, ist nicht zu verlesen."

An die Frau des Abgeordneten Gregorig: „Sehr geehrte Frau Gregorig! Zur nächsten Siphonspritzerei wünscht der Betreffende eine Einladung." Kommentar von Dr. Lueger: „Die Unterschriften

5 An dieser Stelle steht im Original ein „nicht" (not conferred by), das aber keinerlei Sinn ergibt: Es würde weder mit der Wirklichkeit noch mit der sonstigen Argumentationslinie dieses Absatzes im Einklang stehen. Daher wird diese Negation weggelassen.

6 Bei Mark Twain steht: „hog with a monstrous snout"; laut Stenographischem Protokoll sagte Dr. Lueger hingegen: „ein Schreier mit riesigem Mund".

Reichsratsgebäude (Parlament), Oberes Vestibül, um 1890

werde ich Ihnen nicht verlesen, den Inhalt kann ich Ihnen nicht verlesen, so gemein ist diese Karte."

Die Absicht dieser Karten – Gregorig vor seiner Familie zu blamieren – wurde auch mit anderen dieser anonymen Schreiben verfolgt.

Das Parlament votierte mehrheitlich für eine Missbilligung der beiden Abgeordneten wegen anstößigen Benehmens.

Auf die Wortwahl wie auch den sonstigen Überschwang der Abgeordneten mag dies eine Zeit lang besänftigend gewirkt haben, von Dauer war die Zurückhaltung freilich nicht. Wie berichtet, ging es am Abend jener langen Sitzung wieder ausgesprochen übermütig zu, und auch bei der daran anschließenden nächsten Sitzung brauchte niemand über einen Mangel an Lebhaftigkeit zu klagen. Der Vorsitzende missachtete beharrlich die Geschäftsordnung, und zwar immer im Interesse der Regierungsseite, weshalb die Minderheit in eine kaum noch zu bändigende Rage geriet. Der unaufhörliche Krach, das empörte Geschrei und Gestampfe und Pultdeckelschlagen erreichten ohrenbetäubende Ausmaße, wobei sich auch diesmal die eine oder andere Stimme immer wieder lautstark dagegen durchzusetzen vermochte. Manche Zwischenrufe waren von durchaus unverblümter Art, und äußerte man sie in unserem Repräsentantenhaus, würden sie wohl gehörige Aufmerksamkeit finden. Ich möchte hier einige Beispiele zitieren. Nicht in ihrer Reihenfolge, sondern ausgesucht nach ihrem jeweiligen Kaliber.[7]

Dr. Mayreder [an den Vorsitzenden]: „Sie haben gelogen! Sie haben mir das Wort erteilt; lösen Sie Ihr Versprechen ein, oder Sie haben gelogen!"

Herr Glöckner [an den Vorsitzenden]: „Gehen Sie! Raus hier!"

Wolf [auf den Vorsitzenden zeigend]: „Da sitzt einer, dem ein bestimmter Titel gebührt!"

Wolf, der fortwährend mit donnernder Stimme aus einer Zeitung vorliest, wird seinerseits von der Mehrheit mit folgenden persönlichen Bemerkungen bedacht: „So halten Sie doch den Mund!" „Schmeißt ihn raus!" „Raus mit ihm!" Darauf hört Wolf kurz zu lesen auf, um Dr. Lueger, der das Wort hat, sich aber kein Gehör zu verschaffen vermag, anzuschreien: „Bitte, Sie Volksverräter, fangen Sie an!"

7 Manche der im Folgenden von Mark Twain zitierten Zwischenrufe stehen nicht im Stenographischen Protokoll der Sitzung (siehe Session XIII, 21. Sitzung, 4. November 1897).

Dr. Lueger: „Meine Herren -!“ [Oho-Rufe und Stöhnen.]

Wolf: „Das ist nun die heilige Leuchte der Christlichsozialen!“

Herr Kletzenbauer [von den Christlichsozialen]: „Verdammt noch einmal, wollen Sie endlich still sein!“

Wolf wendet sich mit einer scharfen Replik an den Abgeordneten Wohlmeyer.

Wohlmeyer [als Antwort]: „Sie Jude, Sie!“

Die Lage beruhigt sich kurz, und Dr. Lueger beginnt mit seiner Rede. Ein eleganter, gut aussehender Mann von einnehmendem Wesen und gewinnenden Manieren, dazu ein intelligenter und gewandter Redner, dem nachgesagt wird, ein feines Sensorium dafür zu haben, wie er seine politischen Segel setzen muss, um stets im günstigsten Wind zu fahren. Es gelingt ihm, ein paar Worte zu sprechen, ehe ihn der im Saal tosende Sturm erneut zum Schweigen bringt.

Wolf hört kurz auf, aus seiner Zeitung vorzulesen, um eine drastische Bemerkung über Lueger und seine christlichsoziale Frömmigkeit fallen zu lassen, was die Christlichsozialen in eine Art Raserei versetzt.

Bielohlawek: „Lassen Sie die Christlichsozialen in Ruhe! Sie sind ein Ehrenwortbrecher! Obstruieren Sie, so viel Sie wollen, die Christlichsozialen lassen Sie in Ruhe! Sie haben hier nichts verloren, Sie gehören zum Branntweiner!“

Prochazka: „Sie meinen wohl, ins Irrenhaus!“

Bielohlawek: „Es ist traurig, dass so ein Mensch an der Spitze der Deutschen steht. Der Mensch schändet das Deutschtum!“

Dr. Scheicher: „Es ist eine Schande, dass solche wie er uns beleidigen dürfen.“

Strobach [an Wolf]: „Elender Lausbub, du! Wir werden dich gleich rausschmeißen! [Es ist anzunehmen, dass das „Du“ hier kein Ausdruck von Zuneigung ist, sondern Herrn Strobachs Verachtung verstärken und betonen soll.]

Dr. Scheicher: „Seine Beleidigungen tun nichts zur Sache. Er mochte ein paar Ohrfeigen.“

Dr. Lueger [an Wolf]: „Kümmern Sie sich lieber um das Ehrenwort Iros. Sie benehmen sich hier wie Gassenjungen.“

Dr. Scheicher: „Das ist infam!“

Dr. Lueger: „Und *diese* ehrlosen Leute sind die Führer der Deutschen Volkspartei!“

Unterdessen fährt Wolf höchstzufrieden fort, seine Zeitungslektüre in den Saal zu plärren.

Dr. Pattai: „Schweigen! Schweigen! Schweigen! Sie haben nicht das Wort!"

Strobach: „Der Schandbube!"

Dr. Lueger [mit angestrengt erhobener Stimme, um den Lärm zu übertönen, an Wolf]: „Sie sind ein persönlich ehrenloser Gassenjunge!" [Eine Stimme ruft: „Werft den Tunichtgut raus!", doch wie John Browns Seele marschiert Wolfs Geist – ebenso ungerührt wie lautstark – weiter.]

Schönerer [ein muskulöser Riese mit dem lautesten Organ im gesamten Reichsrat schiebt sich wie ein Pflug durch die stehenden Mengen, rot vor Zorn und schäumend vor Wut. Er bleibt bei dem Abgeordneten Wohlmeyer stehen, schnappt sich ein Lineal und lässt es schnalzend auf ein Pult knallen, dann droht er Wohlmeyer mit der Faust und bellt etliche Beleidigungen sowie ein Versprechen]: „Wartet nur – euch zeigen wir es noch!" [Eine Flut von Beschimpfungen und Schmähworten bricht über ihn herein; sie kommt aus den Reihen der sanftmütigen und bescheidenen Christlichsozialen, die sich um ihren Anführer Dr. Lueger scharen, diesen distinguierten Kenner der Religionen und Bürgermeister von Wien. Unser Atem stockt, die Spannung steigt, und wir sind voller Hoffnung. Wir fühlen uns zurückversetzt in die gesetzgebende Versammlung von Arkansas vor gut fünfzig Jahren und meinen zu wissen, was gleich geschehen wird;[8] wir sind froh, gekommen zu sein, und nicht minder froh, uns oben auf der Galerie und außerhalb der Schusslinie zu befinden, wo wir alles beobachten können, ohne deshalb gleich im Leichenschauhaus zu landen. Am Ende werden unsere Erwartungen jedoch enttäuscht, die Hoffnungen waren unangebracht.]

Dr. Pattai [sehr aufgebracht]: „Seien Sie endlich ruhig, sonst verlieren wir die Beherrschung. Dann hagelt es Ohrfeigen!"

Prochazka [wild vor Zorn]: „Nein, *keine* Ohrfeigen, sondern richtige *Prügel!*"

Bielohlawek: „Vor jedem Juden kann man heute den Hut abnehmen, aber vor dem Wolf nicht!

Strobach [an Wolf]: „Judenknecht! Zehn Jahre haben wir gegen die Juden gekämpft, damit der Wolf heute wieder den Juden zur Macht verhilft! Wie viel kriegen Sie dafür, Herr Wolf?"

8 Twain spielt hier auf den Mord an dem Abgeordneten Joseph J. Anthony (durch den Sprecher des Hauses, John Wilson, an). Die Tat geschah am 4. Dezember 1837 während einer Debatte zu amtlichen Belohnungen für Wolfshäute; Wilson hatte sich durch Anthony beleidigt gefühlt und versetzte ihm einen Messerstich durchs Herz. (Er wurde übrigens später der Tat für nicht schuldig befunden.)

Holansky: „Die Zwangsjacke für ihn!"

Wolf liest weiter vor, er ist nun bei den Wirtschaftsseiten angelangt.

Quer durch den Saal wird Schönerer mit den Worten *Die Großmutter [ist] auf dem Misthaufen erzeugt worden!*[9] beschimpft.

Das zu übersetzen, wäre hier nicht angebracht. Es ist, so viel sei gesagt, von erheblicher Schärfe – und umso pikanter, wenn man bedenkt, dass die erste Galerie mit Damen gut besetzt war.

Offenbar kam die Bemerkung aber bestens an. Von den Christlichsozialen wurde sie mit donnerndem Applaus und Gelächter bedacht, die in ihrer Begeisterung nun einige besonders verhasste Mitglieder der Opposition mit wüster Freizügigkeit beschimpften; so auch wieder Schönerer, dem sie: *„Bordell in der Krugerstraße!"*[10] an den Kopf warfen, gefolgt von: „Schmul Leeb Kohn! Schmul Leeb Kohn! Schmul Leeb Kohn!", das gebrüllt, gejohlt, ja sogar stimmgewaltig im Chor gesungen wurde und sich trotz der auf die Pulte einprasselnden Deckel und des sonstigen Höllenlärms deutlich vernehmbar machte. [Schon huscht auf der Galerie ein Witz von einem zum anderen und von Loge zu Loge: „Der Schwanengesang des österreichischen Parlaments!" An den lächelnden Mienen und dem zustimmenden Nicken kann man verfolgen, wie er die Runde macht.]

Kletzenbauer: „Holofernes, wo bleibt Judith?" [Stürmisches Gelächter.]

Gregorig [der Hemdenverkäufer]: „Dieses Wolf-Theater kostet 6.000 Gulden!"

Wolf [übertrieben herzlich]: „Meine Herren, darf ich vorstellen: Herr Gregorig." [Gelächter.]

Bielohlawek [an Wolf]: „Sie Judas!"

Schneider: „Bordellvater!"

Stimmen im Chor: „Ostpreußischer Kutteltrog!"

Und solcherart kracht und tobt die Schlacht der Schimpfwörter weiter, tut es mit nie versiegendem Elan und das ein paar Stunden lang.

Die Damen auf der Galerie lernten etwas dabei. Das war auch gut so, denn eines Tages werden Frauen allen Parlamenten der Welt angehören; erweisen sie sich erst als kompetent, wird man sie zulassen. Da vorläufig die Kompetenz zum Gesetzgeben allein den Männern zugestanden wird, blicken sie auf die Frauen herab und würden es als Zumutung empfinden, müssten sie sie in ihrem hohen Amte zu Kolleginnen haben.

Wolf liest unterdessen laut brüllend einen weiteren Börsenbericht vor.

Strobach: „Ruhig, Schandbube!"

Während einer kurzen Verschnaufpause kann sich Dr. Lueger für die Dauer von drei Sätzen Gehör verschaffen. Er fordert den Vorsitzenden auf, die vier lautesten Mitglieder der Opposition zum Schweigen zu bringen.

Wolf [mit einer Geste, die „jetzt reicht es aber" sagt]: „Der raffinierteste Schwindler von Wien hat gesprochen!"

Der Abgeordnete Iro gehört zu Schönerers Partei, die seit der Sache mit dem Ehrenwort in den Genuss eines neuen Namens gelangt ist. Gregorig hingegen, der Held der Postkarten und des Sodawasservorfalls im Wimberger, ist ein Christlichsozialer. Der auffallend große Mann steht aufgeblasen und selbstzufrieden, gockelhaft und völlig unbedeutend an Luegers Seite und sonnt sich voller Stolz im Glanz der Gesellschaft des großen Herrn. Er sieht auch wirklich gut aus, geradezu majestätisch, und ist sich dessen durchaus bewusst. Ab und zu kräht er seine unerheblichen Zwischenrufe hinaus und schaut dabei so zufrieden drein, als hätte er den *Ausgleich* soeben persönlich in die Welt gesetzt. In der Tat wirkt er bemerkenswert elegant. Als beinahe Einziger im Saal trägt er ein Gilet, das eine weiße Hemdbrust von kolossalen Ausmaßen offenbart; seine Hände ruhen entspannt in den Schlitzen seiner Hosentaschen, der Kopf ist selbstzufrieden zurückgeneigt: Kurz und gut, er posiert und setzt sich für die Galerien in Szene. Doch das tun alle anderen auch. Es ist kurios anzusehen: Männer, die selbst nur abstimmen und keine Reden halten können, weil es ihnen an Witz und rhetorischer Begabung mangelt, spazieren durch den Saal und bleiben an gut sichtbarer Stelle stehen, um dort Posen einzunehmen – zumeist jene des gewichtigen Grübelns –, wobei sie verstohlene Blicke zu den Galerien werfen, um zu sehen, ob ihre Darbietung den gewünschten Erfolg hat. Oder zwei gehen aufeinander zu, schütteln sich in gekünstelter Manier die Hände, brechen in überlautes, affektiertes Gelächter aus und verfallen dabei in gezwungenes, verkrampftes Gehabe. Auch sie blicken insgeheim nach oben, um zu sehen, ob sie ein Publikum finden. Das Ganze erinnert tatsächlich ans Theater, bei dem die Nebenchargen im Hintergrund ihr eigenes

9 Im Original auf Deutsch ohne „ist".

10 Im Original auf Deutsch; das richtige Zitat (Zwischenruf des Abgeordneten Gregorig) lautet: „Ehrenmann aus der Krugerstraße. Bordellhausbesitzer."

Stück aufführen, während vorn am Bühnenrande die Prominenz ihren großen Auftritt hat. Sogar Graf Badeni schauspielert einen Moment lang, setzt eine anschauliche napoleonische Miene von schöner Nachdenklichkeit auf, besinnt sich aber gleich wieder eines Besseren. Es gibt zwei, die nicht posieren: der geplagte und in einem fort geschmähte Vorsitzende Abrahamowicz, der rundum elend wirkt und sich, um seiner Trostlosigkeit Herr zu werden, nicht anders zu helfen weiß, als die Vorsitzglocke zu schwingen und gelegentliche Bemerkungen einzuwerfen, die ohnehin niemand verstehen kann; und ein schicksalsergebener, in Geduld geübter Geistlicher, der ganz allein im menschenleeren Terrain der Mehrheitsfraktion sitzt und einen Apfel mampft.

Nun hebt Schönerer mit seinem Nebelhorn von einer Stimme wieder zu schimpfen an und lässt mit einem gegen die Mehrheit gerichteten Anwurf die Decke beben.

Dr. Lueger: „Die Partei der Ehrlosen hat zu schweigen!"

Gregorig [quasi als Echo, die Hemdbrust aufblasend]: „Recht so! Sei ruhig, Zuhälter!"

Schönerer [an Lueger gerichtet]: „Politischer Hanswurst!"

Prochazka [zu Schönerer]: „Besoffener Hanswurst!"

Während der letzten Sitzungsstunde wurden noch mehr solcher erfreulicher Liebenswürdigkeiten ausgetauscht. Darunter auch die folgenden bemerkenswert gelungenen:

„Haderlump!"

„Hausknechtsnatur!"

„Schandbube!"

„Bordellvater!"

Letzterer Zwischenruf stammte vom Abgeordneten Dr. Geßmann und bereitete großes Vergnügen. Und zwar verdientermaßen, gehörte er doch zu den brillantesten Formulierungen des ganzen Abends.

Um halb drei Uhr früh wurde die Sitzung vertagt. Siegreich geblieben war die Opposition. Nein, doch nicht ganz. Der eigentliche Erfolg wurde ihr durch rechtswidrige präsidiale Machtausübung entrissen – ein weiterer Schlag, um die gepeinigte Minderheit um den Verstand zu bringen.

Bei anderen Reichsratssitzungen drohten die Herren der Opposition dem Vorsitzenden mit den Fäusten und nannten ihn einen „polnischen Hund". Und einmal drehte sich ein Abgeordneter zu einem Kollegen um und schrie wutentbrannt:

„— — — — — — — — !"

Was er da schrie, bleibt der Phantasie überlassen. Selbst wenn ich es im deutschen Original hinschriebe, würde es kaum dem Rotstift des Redakteurs entgehen; jede Übersetzung hieße ohnehin meine Tinte verschwenden. Von einer Wiener Tageszeitung wurde der Zuruf frei heraus und ungekürzt gedruckt, andere zogen es jedoch vor, den schlimmsten Teil mit Sternchen zu verschleiern.

Wenn der geschätzte Leser das Spektrum an außerordentlichen Schimpfworten nun noch einmal Revue passieren lässt und näher untersucht, verblüffen zwei Dinge: Wie es möglich war, dass sich diese Versammlung von Ehrenmännern derart derber Ausdrücke befleißigte; und wie diejenigen, die sie aussprachen, das Haus auch noch lebend verlassen konnten. Das ist in der Tat so merkwürdig, dass man es schlicht nicht begreifen kann. Es wäre nicht einmal dann zu begreifen, wenn jeder dieser Abgeordneten ein berufsmäßiger Gauner wäre und in einer Matrosenspelunke hauste; denn wenngleich in diesen Kreisen solche Schimpfworte gängig sein mögen, würde man sie sich doch niemals *gefallen lassen.* Diese Männer sind aber keine Gauner. Es sind in erster Linie Ehrenmänner, noch dazu gebildete. Dennoch benutzen sie solche Ausdrücke – und nehmen sie auch noch ohne Weiteres hin. Sie scheinen ihnen wirklich keinerlei Bedeutung beizumessen. Dass sie sich wie Schuljungen benehmen, wäre nur die halbe Wahrheit. Schuljungen behandeln einander mit erbitterter Niedertracht, und das stündlich, und man möchte meinen, es sei nicht viel mehr als gut gebrüllt. Das wäre aber ein Irrtum. Natürlich ist es bis zu einer gewissen Grenze tatsächlich nur lautes Gebrüll, doch wird diese Grenze überschritten, fliegen unverzüglich die Fäuste. Es gibt bestimmte Ausdrücke – spezielle Reizworte, wie beispielsweise die Schmähung von Schönerers Großmutter –, die in der englischsprachigen Welt nicht einmal der geistloseste Schuljunge ungerächt durchgehen ließe. Somit dürfte der Unterschied zwischen Schuljungen und den Gesetzgebern im Reichsrat darin bestehen, dass Letztere keine Grenze kennen, keinerlei Hemmungen. Allem Anschein nach dürfen sie sich nach Lust und Laune beschimpfen und danach unversehrt heimgehen.

Es gab zwei Anlässe, bei denen im Parlament sehr wohl die Fäuste flogen, allerdings nicht wegen irgendwelcher Schimpfworte. *Deshalb* kam es zu keinen Handgreiflichkeiten.

Es wäre allerdings falsch, aus all dem zu schließen, dem Reichsrat müsse es an Ehrgefühl fehlen, wenn es ihm derart an Feingefühl mangelt. Der einer Lüge überführte Iro fiel in tiefste Ungnade: Im Abgeordnetenhaus kehrte man ihm den Rücken, er wurde regelrecht geschnitten und musste schließlich seinen Sitz zurücklegen; hätte er es nicht getan, wäre er hinausgeworfen worden. Mit Gregorig, der Iro im Streit einen feigen Haderlump genannt hatte, verfuhr man indes nachsichtiger. Bei ihm erfolgte nur der Form halber eine milde Rüge. Gregorig störte das nicht weiter.

Die Wiener bezeichnen sich selbst gern als unbeschwerte und genussfreudige Menschen, die das Beste aus dem Leben machen und es nicht sonderlich ernst nehmen. Die Vorgänge in ihrem Parlament bekümmern sie aber sehr wohl, und sie gestehen offen ein, sich dafür zu schämen. Jenes tiefe Niveau, auf dem die Manieren ihrer Parlamentarier angekommen sind, sei etwas Neues, das habe es früher nicht gegeben. Ein Herr, der der Regierung vor zwanzig Jahren vorstand, bestätigt dies: Zu seiner Zeit sei es im Parlament geordnet und gesittet zugegangen. Dem stimmt ein Engländer zu, der seit Langem hier lebt und meint, Politiker niederen Ranges hätten die gegenwärtigen Formen fragwürdiger Wahlkampfreden vor ein paar Jahren für ihre Zwecke entdeckt, und erst mit ihnen habe dieser Stil Einzug ins Parlament[11] gefunden. Doch eines Tages wird es einen für die Sitten zuständigen Minister und auch einen Ordnungshüter geben, und dann wird alles besser – immer vorausgesetzt, Parlament und Verfassung überleben den gegenwärtigen Sturm.

11 „In der guten alten Zeit, als noch in unserem Abgeordnetenhause eine milde, wohltemperierte Atmosphäre herrschte, die Redner einer abgemessenen akademischen Form sich beflissen und die Stürme und Explosionen der Obstruktion gänzlich unbekannt waren ...“ (Eröffnungszeile eines Leitartikels in der Morgenausgabe der Neuen Freien Presse vom 11. Dezember 1897).

IV.
Der historische Höhepunkt

Im Laufe des Monats November wurde die Lage immer schlimmer. Der alles entscheidende *Ausgleich* war auf Grund gelaufen und nicht mehr flottzumachen. Die Regierung Badeni konnte die Sprachenverordnung nicht zurückziehen, ohne ihre Mehrheit zu verlieren, während die Opposition sich auf billigere Weise nicht mehr besänftigen ließ. Eines Abends – im Saal steigerte sich der übliche Lärm gerade zu tosender Höchstform – kam es zu einer Prügelei. Alles drängelte, rangelte und rempelte in einem wogenden Handgemenge, bei dem nicht wenige Schläge ausgeteilt wurden. Zweimal wuchtete Schönerer einen der schweren Ministerfauteuils in die Luft – manche sagen, mit einer Hand – und bedrohte damit Mitglieder der Mehrheitsfraktion; beide Male wurde er ihm jedoch wieder entrungen. Ein Abgeordneter hämmerte mit der Glocke des Vorsitzenden auf Wolfs Kopf ein, ein anderer würgte ihn. Ein Professor wurde zu Boden geworfen, mit den Fäusten bearbeitet und ebenfalls gewürgt; in seiner Not zog er ein Federmesser, um die Schläge abzuwehren; es wurde ihm entrissen und fortgeschleudert und verletzte dabei prompt einen friedlichen, völlig unbeteiligten Christlichsozialen an der Hand. Das war übrigens das einzige Blut, das floss. Am nächsten Tag wirkten die Männer, die mit der Glocke malträtiert oder gewürgt worden waren, gesund und munter. Wären Fäuste und Glocke fachmännisch eingesetzt worden, hätten sie wohl anders ausgesehen. Ich bin ziemlich sicher, dass die Raufbolde es nicht ernst gemeint hatten.

Die Sitzung am *Thanksgiving Day* sollte in die Geschichte eingehen. An diesem Tag verlor die in die Enge getriebene, geplagte und verzweifelte Regierung den Verstand. Um sich aus dem Würgegriff der Opposition zu befreien, beging sie einen seltsam kindischen Frevel: Sie beantragte eine wichtige Änderung der Geschäftsordnung, untersagte jede Debatte und ließ darüber nicht namentlich, sondern durch Aufstehen abstimmen, und behauptete danach allen Ernstes, der Antrag sei gebilligt worden. Dabei war es selbst für den dümmsten Beobachter – man gestatte mir, diese Position vorübergehend und ohne Unbescheidenheit einzunehmen – eindeutig, dass keine

Abstimmung stattgefunden hatte, die diese Bezeichnung auch nur annähernd verdient hätte.

Meiner Ansicht nach ist Herr Saltpeter der Wahrheit nie näher gekommen als mit den Worten: „Wen die Götter strafen wollen, den machen sie zuerst wahnsinnig."[12] Die Regierung kann nicht ganz bei Sinnen gewesen sein, als ihr nichts Besseres als diese dreiste Beleidigung des Abgeordnetenhauses einfiel, um sich aus der Bredouille zu helfen.

Die Begebenheit hätte sogar etwas Amüsantes gehabt, wäre nur eine Lappalie auf dem Spiel gestanden. Unter den Umständen zeugte sie jedoch von Armseligkeit. Im Saal wütete der übliche Sturm. Wie so oft waren viele Angehörige der Mehrheit und die meisten der Minderheit aufgestanden – um sich besser gegenseitig beschimpfen und sonstwie Krach schlagen zu können. In dieses Chaos hinein trat Graf Falkenhayn mit einem Papier in der Hand ans Rednerpult. Sogleich eilten alle herbei, um ihn beim Verlesen seines Antrags besser hören zu können, und binnen Sekunden war er von Zuhörern umgeben wie von einer Mauer. Den einzelnen Klauseln seines Antrags wurde von seiner Seite lautstark applaudiert, während die Opposition, zumindest jene, die ihn verstehen konnten, ebenso lautstark deplaudierte – wenn man mir diese Wortschöpfung gestattet. Kaum hatte er wieder Platz genommen, da ließ der Vorsitzende den Antrag auch schon abstimmen – wer mit Ja zu stimmen wünscht, *bitte sich zu erheben!* Es standen aber bereits alle; und das seit mindestens einer Stunde. Und ehe den meisten überhaupt klar geworden war, was der Vorsitzende gerade gesagt hatte, erklärte er den Antrag für gebilligt und verabschiedet, wobei auch das nur wenige hörten. In diesem Hause lässt sich die Gesetzgebung vom Gefechtslärm einer Artillerie ja auch wirklich nicht unterscheiden.

Welch segensreicher Einfall es war, die vorgeschriebene namentliche Abstimmung zu umgehen und sie mit einem Votum durch Aufstehen zu ersetzen, wird klar, wenn man sich vor Augen hält, dass kurz darauf, als eine Abordnung von Abgeordneten vor den Präsidenten trat und ihn fragte, ob er diesen Antrag tatsächlich als beschlossen reklamieren wollte, dieser antwortete: „Ja – und zwar *einstimmig.*" Dies zum Beweis, dass das gesamte Hohe Haus tatsächlich auf den Beinen war, als es mit diesem Winkelzug hinters Licht geführt wurde.

Die solcherart höchst seltsam geborene „Lex Falkenhayn" räumt dem Vorsitzenden das Recht ein, jeden Abgeordneten, der die Sitzung trotz zweier Ordnungsrufe weiterhin stört, für die

Dauer von drei Tagen aus dem Hohen Haus auszuschließen; zudem stellt sie ihm auch die entsprechenden Mittel zur Verfügung, die erforderlich sein mögen, um einen solchen Ausschluss in die Tat umzusetzen. Das Parlament hatte nun also endlich einen Ordnungshüter, der zudem mit einer Macht ausgestattet war, wie sie noch keine Gesetzgebung der gesamten Christenwelt je besaß. Die Lex Falkenhayn ermächtigte überdies das Parlament selbst, Abgeordnete für die Dauer von *dreißig* Tagen auszuschließen.

Unter diesen Voraussetzungen sollte es möglich sein, den *Ausgleich* innerhalb einer Stunde durchzupeitschen – zumindest sah alles danach aus. Der Opposition blieb nun keine andere Wahl, als still und lammfromm dazusitzen und mit dem Obstruieren aufzuhören – oder zu riskieren, Abgeordneter für Abgeordneter hinausgeworfen zu werden und so der Mehrheit freies Spiel zu lassen.

Es sah auch wirklich gut aus. Die Regierung hatte einen Ausweg aus der Bredouille gefunden, gratulierte sich selbst dazu und tat dies mit beinahe kindischer Fröhlichkeit kund. Ihre Aktie war augenblicklich von unter null auf Höchstwerte geklettert. Voller Stolz gestand man sich ein, mit der Lex Falkenhayn sei wahrlich ein Meisterwerk, ein regelrechter Geniestreich gelungen.

Es gab aber auch jene, die Zweifel hegten und beunruhigt waren, weil sie der Ansicht waren, man habe einen schweren Fehler begangen. Die Opposition mochte zerschmettert und für das Land ein Erfolg erzielt worden sein; aber *auf welche Art und Weise – mit welchen Methoden!* Das war das Schlimme daran. Die Folgen – von deren Schwere man sich womöglich noch gar keine Vorstellung machte – konnten weitreichend sein. Es mochte der erste Schritt zurück zur Gewaltherrschaft sein, zu einer Restauration der verantwortungslosen Methoden längst vergangener Zeiten.

Am nächsten Tag blieb auf den Besuchergalerien kein Sitz leer. Selbst die Stehplätze vor dem Gebäude waren gefragt wie nie zuvor. Eine große Menschenmenge hatte sich vor dem Parlament eingefunden, dazu ein Polizeiaufgebot in Helm und funkelndem Messing, zu Fuß und zu Pferde, um sie vor allzu großer Erregung zu bewahren. Niemand wusste, was passieren würde, aber alle spürten, *dass* etwas passieren würde, und hofften auf die Chance, es selbst mit anzusehen oder wenigstens sofort davon zu erfahren.

12 Mark Twain schreibt diese Worte einem gewissen „Saltpeter“ zu, doch war es unmöglich, die Existenz dieser Person zu verifizieren; es handelt sich hier um ein Zitat von Euripides.

Zu Mittag hatte sich noch niemand im Haus eingefunden – denn mich selbst zähle ich nicht. Eine halbe Stunde später war auf beiden Galerien kein Platz mehr frei, unten aber immer noch alles leer. Eine weitere halbe Stunde später kam Wolf herein und ging zu seinem Pult; bald strömten immer mehr Abgeordnete in den Saal, darunter viele, deren Gestalten und Gesichter inzwischen vertraut geworden waren. Um ein Uhr war das Abgeordnetenhaus vollzählig anwesend. Eine Schar Sozialisten gruppierte sich im Schatten der Tribüne des Präsidiums vor den Ministerbänken. Es fiel auf, dass diese offiziellen Trutzburgen neuerdings mit Absperrungen abgeriegelt und solcherart gegen einen möglichen Ansturm gewappnet waren und außerdem von Amtsdienern in der Livree des Parlaments bewacht wurden. Auch die abnehmbaren Pultdeckel hatte man entfernt, sodass nichts mehr da war, womit die Abgeordneten Krach schlagen konnten.

Im Saal herrschte angespannte Ruhe – zumindest das, was in *diesem* Parlament als Ruhe durchgehen mochte. Viele meinten, die Opposition sei gezähmt und nun werde es keine Obstruktionen und keinen Lärm mehr geben. Doch da irrten sie.

Als der Präsident in Begleitung des Vizepräsidenten Fuchs den Saal durch die Tür ganz rechts betrat und an den polnischen Abgeordnetenbänken vorbei zur Tribüne schritt, brach schlagartig der gewohnte Tumult los und wurde lauter und immer lauter und wüster und schien Ausmaße anzunehmen, die alles bisher an diesem Orte Erlebte übertrafen. Der Präsident nahm seinen Platz ein und rief zur Ordnung, es konnte ihn aber niemand hören. Seine Lippen bewegten sich – das wenigstens konnte man sehen, und auch, wie er appellierend den Oberkörper vorbeugte und die Hand mit gespreizten Fingern eloquent auf die Brust legte. Was aber die von ihm geäußerten Worte betrifft, so konnte er sie wahrscheinlich nicht einmal selbst hören. Unter ihm stand jene Gruppe Sozialisten, rund zwei Dutzend von ihnen, die ihm aufgebrachte Blicke zuwarfen, mit erhobenen Fäusten drohten und Verwünschungen und Schimpfnamen zu ihm hinaufbrüllten. Das ging eine ganze Weile so. Plötzlich brachen die Sozialisten durch die Absperrung und stürmten an den Ministerbänken vorbei nach oben, wobei ein Mann mit roter Krawatte die Unterlagen vom Pult des Vorsitzenden schnappte und in die Luft schleuderte. Im nächsten Moment waren er und seine Verbündeten in ein Handgemenge mit dem halben Dutzend uniformierter Ordnungshüter verwickelt, deren Aufgabe es war, die neue Absperrung zu verteidigen. Ein weiteres Kontingent Sozialisten war

„Lärmszenen der Jung-Czechen im österreichischen Reichsrat, 8. Juni 1900“

unterdessen die Seitentreppen hinaufgeeilt; sie überwältigten den Präsidenten und seinen Stellvertreter und drängten und stießen und schoben die beiden von ihren Plätzen. Sie nahmen sie in ihre Mitte und zerrten sie die Treppe hinunter und an den polnischen Bänken vorbei durch den Saal; rings um sie wimmelte es von feindseligen Polen und Tschechen, die ihnen Widerstand leisteten. In dem Getümmel flogen Fäuste auf und nieder, und auch sonst bot sich das Bild einer ungestümen Schlägerei. Als der Präsident und sein Stellvertreter durch die Eingangstür verschwunden waren, machten die siegreichen Sozialisten kehrt, marschierten zurück und erklommen die Tribüne, wo sie die Glocke des Vorsitzenden und seine restlichen Papiere weit von sich warfen. Dann hielt die kompakte kleine Truppe, elf Mann stark, die Stellung, als handelte es sich um eine Festung. Ihre Genossen im Saal befanden sich im Siegestaumel und taten dies auf ohrenbetäubende Weise kund. Das ganze Parlament war auf den Beinen und harrte fassungslos der Dinge.

Die Situation war in der Tat erstaunlich und von imposanter Dramatik. So etwas hatte niemand beabsichtigt. Das Unerwartete war eingetreten. Wie nun weiter? Aber hier *konnte* es kein Weiter geben; das Stück war zu Ende, der Höhepunkt erreicht; jede Möglichkeit erschöpft; man lasse den Vorhang fallen.

Noch nicht. Jene Tür ganz rechts geht wieder auf. Und jetzt werden wir Zeuge dessen, wovon die Geschichte noch in fünfhundert Jahren berichten wird: In Zweierreihe kommt ein Bataillon entschlossener Polizisten in Helm und Uniform in den Abgeordnetensaal hineinmarschiert – und entweiht mit dieser Invasion von roher Gewalt ein freies Parlament!

Es war ein abscheuliches Schauspiel – abscheulich und empörend. Einen Augenblick lang geradezu unfassbar – ein Ereignis bar jeder Glaubwürdigkeit: Man meint, einer optischen Täuschung aufzusitzen, einem Traum, einem Albtraum. Aber nein, es ist die Wirklichkeit – die beschämende und widerwärtige Wirklichkeit. Diese sechzig Polizisten, allesamt ehemalige Soldaten, gingen mit der kalten Gefühllosigkeit ihres Gewerbes ans Werk. Sie stiegen die Treppe zur Tribüne hinauf, legten Hand an die unantastbaren Repräsentanten des Volkes und zerrten und schleppten und schleiften sie die Treppe hinunter und zur Tür hinaus. Danach postierten sie sich in schneidiger militärischer Haltung vor der Ministerestrade und blieben dort stehen.

Es war ein unerhörtes Ereignis. Die Erinnerung daran wird alle heute regierenden Königshäuser überleben. In der Geschichte des freien Parlamentarismus hat man dergleichen erst dreimal gesehen, und unter den unvergesslichen Dingen dieser Welt wird es einen prominenten Platz einnehmen. Ich selbst war zeit meines Lebens wohl keine zwei Male Zeuge, wie vor meinen Augen Geschichte gemacht wurde, doch kann ich mit Gewissheit sagen, dass ich einmal dabei war.

Die Folgen dieses Irrsinns traten sofort ein: Die Regierung Badeni stürzte mit Karacho; in Wien ging die Bevölkerung mehrmals auf die Straße, in Prag kam es zu regelrechten Aufständen, die drei oder vier Tage anhielten und die Ausrufung des Kriegsrechts nach sich zogen; dabei wurden die Juden und die Deutschen Opfer von Hetze und Plünderungen und mussten zusehen, wie ihre Häuser zerstört wurden. In anderen böhmischen Städten wurde ebenfalls randaliert – einmal waren es die Deutschen, ein andermal die Tschechen – und in allen Fällen mussten die Juden bluten, egal auf welcher Seite sie standen. Inzwischen ist der Dezember ins Land gezogen;[13] der neue Ministerpräsident hat es bislang nicht vermocht, zwischen den verfeindeten Parlamentsfraktionen Frieden zu stiften, weshalb es vorläufig sinnlos wäre, den Reichsrat wieder einzuberufen. Die öffentliche Meinung geht dahin, dass die parlamentarische Regierung und die Verfassung vor dem Untergang stehen und selbst der Bestand der Monarchie keineswegs gesichert ist!

Ja, die Lex Falkenhayn war eine großartige Erfindung, und sie erfüllte ihren Zweck – sie holte die Regierung aus der Bredouille, doch zu welchem Preis?

13 Es ist der 9. – M. T.

Reichsratsgebäude (Parlament), vor 1902

Mark Twain
Stirring Times in Austria

Originaltext von Mark Twain, verfasst für Harper's New Monthly Magazin, March 1898

I.
The Government In The Frying-pan

Here in Vienna in these closing days of 1897 one's blood gets no chance to stagnate. The atmosphere is brimful of political electricity. All conversation is political; every man is a battery, with brushes overworn, and gives out blue sparks when you set him going on the common topic. Everybody has an opinion, and lets you have it frank and hot, and out of this multitude of counsel you get merely confusion and despair. For no one really understands this political situation or can tell you what is going to be the outcome of it.

Things have happened here recently which would set any country but Austria on fire from end to end, and upset the Government to a certainty; but no one feels confident that such results will follow here. Here, apparently, one must wait and see what will happen, then he will know, and not before; guessing is idle; guessing cannot help the matter. This is what the wise tell you; they all say it; they say it every day, and it is the sole detail upon which they all agree.

There is some approach to agreement upon another point: that there will be no revolution. Men say: "Look at our history—revolutions have not been in our line; and look at our political map—its construction is unfavourable to an organised uprising, and without unity what could a revolt accomplish? It is *dis*union which has held our empire together for centuries, and what it has done in the past it may continue to do now and in the future."

The most intelligible sketch I have encountered of this unintelligible arrangement of things was contributed to the "Traveller's Record" by Mr. Forrest Morgan, of Hartford, three years ago. He says:

"The Austro-Hungarian Monarchy is the patchwork-quilt, the Midway Plaisance, the national chain-gang of Europe; a state that is not a nation, but a collection of nations, some with national memories and aspirations and others without, some occupying distinct provinces almost purely their own, and others mixed with alien races, but each with a different language, and each mostly holding the others foreigners as much as if the link of a common government did not exist. Only one of its races even now comprises so much as *one-fourth* of the whole, and not another so much as *one-sixth;* and each has remained for ages as unchanged in isolation, however mingled together in locality, as globules of oil in water. There is nothing else in the modern world that is nearly like it, though there have been plenty in past ages; it seems unreal and impossible even though we know it is true; it violates all our feeling as to what a country should be in order to have a right to exist; and it seems as though it was too ramshackle to go on holding together any length of time. Yet it has survived, much in its present shape, two centuries of storms that have swept perfectly unified countries from existence and others that have brought it to the verge of ruin, has survived formidable European coalitions to dismember it, and has steadily gained force after each; forever changing in its exact make-up, losing in the West but gaining in the East, the changes leave the structure as firm as ever, like the dropping off and adding on of logs in a raft, its mechanical union of pieces showing all the vitality of genuine national life."

That seems to confirm and justify the prevalent Austrian faith that in this confusion of unrelated and irreconcilable elements, this condition of incurable disunion, there is strength—for the Government. Nearly every day some one explains to me that a revolution would not succeed here. "It couldn't, you know. Broadly speaking, all the nations in the empire hate the Government—but they all hate each other too, and with devoted and enthusiastic bitterness; no two of them can combine; the nation that rises must rise alone; then the others would joyfully join the Government against her, and she would have just a fly's chance against a combination of spiders. This Government is entirely independent. It can go its own road, and do as it pleases; it has nothing to fear. In countries like England and America, where there is one tongue and the public interests are common, the Government must take account of public opinion; but in Austria-Hungary there are nineteen public opinions—one for each state. No—two or three for each state, since there are two or three nationalities in each. A Government cannot satisfy all these public opinions; it can only go through the motions of trying. This Government does that. It goes through the motions, and they do not succeed; but that does not worry the Government much."

The next man will give you some further information. "The Government has a policy—a wise one—and sticks steadily to it. This policy is—*tranquility:* keep this hive of excitable nations as quiet as possible; encourage them to amuse themselves with things less inflammatory than politics. To this end it furnishes them an abundance of Catholic priests to teach them to be docile and obedient, and to be diligent in acquiring ignorance about things here below, and knowledge about the kingdom of heaven, to whose historic delights they are going to add the charm of their society by-and-by; and further—to this same end—it cools off the newspapers every morning at five o'clock, whenever warm events are happening." There is a censor of the press, and apparently he is always on duty and hard at work. A copy of each morning paper is brought to him at five o'clock. His official waggons wait at the doors of the newspaper offices and scud to him with the first copies that come from the press. His company of assistants read every line in these papers, and mark everything which seems to have a dangerous look; then he passes final judgment upon these markings. Two things conspire to give to the results a capricious and unbalanced look: his assistants have diversified notions as to what is dangerous and what isn't; he can't get time to examine their criticisms in much detail; and so sometimes the very same matter which is suppressed in one paper fails to be damned in another one, and gets published in full feather and unmodified. Then the paper in which it was suppressed blandly copies the forbidden matter into its evening edition—provokingly giving credit and detailing all the circumstances in courteous and inoffensive language—and of course the censor cannot say a word.

Sometimes the censor sucks all the blood out of a newspaper and leaves it colourless and inane; sometimes he leaves it undisturbed, and lets it talk out its opinions with a frankness and vigour hardly to be surpassed, I think, in the journals of any country. Apparently the censor sometimes revises his verdicts upon second thought, for several times lately he has suppressed journals after their issue and partial distribution. The distributed copies are then sent for by the censor and destroyed. I have two of these, but at the time they were sent for I could not remember what I had done with them.

If the censor did his work before the morning edition was printed, he would be less of an inconvenience than he is; but, of course, the papers cannot wait many minutes after five o'clock to get his verdict; they might as well go out of business as do that; so they print and take the chances. Then, if they get caught by a suppression, they must strike out the condemned matter and print the edition over again. That delays the issue several hours, and is expensive besides. The Government gets the suppressed edition for nothing. If it bought it, that would be joyful, and would give great satisfaction. Also, the edition would be larger. Some of the papers do not replace the condemned paragraphs with other matter; they merely snatch them out and leave blanks behind—mourning blanks, marked "*Confiscated.*"

The Government discourages the dissemination of newspaper information in other ways. For instance, it does not allow newspapers to be sold on the streets: therefore the newsboy is unknown in Vienna. And there is a stamp duty of nearly a cent upon each copy of a newspaper's issue. Every American paper that reaches me has a stamp upon it, which has been pasted there in the post-office or downstairs in the hotel office; but no matter who put it there, I have to pay for it, and that is the main thing. Sometimes friends send me so many papers that it takes all I can earn that week to keep this Government going.

I must take passing notice of another point in the Government's measures for maintaining tranquillity. Everybody says it does not like to see any individual attain to commanding influence in the country, since such a man can become a disturber and an inconvenience. "We have as much talent as the other nations," says the citizen, resignedly, and without bitterness, "but for the sake of the general good of the country, we are discouraged from making it over-conspicuous; and not only discouraged, but tactfully and skilfully prevented from doing it, if we show too much persistence. Consequently we have no renowned men; in centuries we have seldom produced one—that is, seldom allowed one to produce himself. We can say to-day what no other nation of first importance in the family of Christian civilisations can say—that there exists no Austrian who has made an enduring name for himself which is familiar all around the globe."

Another helper toward tranquillity is the army. It is as pervasive as the atmosphere. It is everywhere. All the mentioned creators, promoters, and preservers of the public tranquillity do their several shares in the quieting work. They make a restful and comfortable serenity and reposefulness. This is disturbed sometimes for a little while: a mob assembles to protest against something; it gets noisy—noisier—still noisier—finally *too* noisy; then the persuasive soldiery come charging down upon it, and in a few minutes all is quiet again, and there is no mob.

There is a Constitution and there is a Parliament. The House draws its membership of 425 deputies from the nineteen or twenty states heretofore mentioned. These men represent peoples who speak eleven languages. That means eleven distinct varieties of jealousies, hostilities, and warring interests. This could be expected to furnish forth a parliament of a pretty inharmonious sort, and make legislation difficult at times—and it does that. The Parliament is split up into many parties—the Clericals, the Progressists, the German Nationalists, the Young Czechs, the Social Democrats, the Christian Socialists, and some others—and it is difficult to get up working combinations among them. They prefer to fight apart sometimes.

The recent troubles have grown out of Count Badeni's necessities. He could not carry on his Government without a majority vote in the House at his back, and in order to secure it he had to make a trade of some sort. He made it with the Czechs—the Bohemians. The terms were not easy for him: he must issue an ordinance making the Czech tongue the official language in Bohemia in place of the German. This created a storm. All the Germans in Austria were incensed. In numbers they form but a fourth part of the empire's population, but they urge that the country's public business should be conducted in one common tongue, and that tongue a world language—which German is.

However, Badeni secured his majority. The German element in Parliament was apparently become helpless. The Czech deputies were exultant.

Then the music began. Badeni's voyage, instead of being smooth, was disappointingly rough from the start. The Government must get the *Ausgleich* through. It must not fail. Badeni's majority was ready to carry it through; but the minority was determined to obstruct it and delay it until the obnoxious Czech-language measure should be shelved.

The *Ausgleich* is an Adjustment, Arrangement, Settlement, which holds Austria and Hungary together. It dates from 1867, and has to be renewed every ten years. It establishes the share which Hungary must pay toward the expenses of the imperial Government. Hungary is a kingdom (the Emperor of Austria is its King), and has its own Parliament and governmental machinery. But it has no foreign office, and it has no army—at least its army is a part of the imperial army, is paid out of the imperial treasury, and is under the control of the imperial war office.

The ten-year arrangement was due a year ago, but failed to connect. At least completely. A year's compromise was arranged. A new arrangement must be effected before the last day of this year. Otherwise the two countries become separate entities. The Emperor would still be King of Hungary—that is, King of an independent foreign country. There would be Hungarian custom-houses on the

Austrian frontier, and there would be a Hungarian army and a Hungarian foreign office. Both countries would be weakened by this, both would suffer damage.

The Opposition in the House, although in the minority, had a good weapon to fight with in the pending *Ausgleich*. If it could delay the *Ausgleich* a few weeks, the Government would doubtless have to withdraw the hated language ordinance or lose Hungary.

The Opposition began its fight. Its arms were the Rules of the House. It was soon manifest that by applying these Rules ingeniously it could make the majority helpless, and keep it so as long as it pleased. It could shut off business every now and then with a motion to adjourn. It could require the ayes and noes on the motion, and use up thirty minutes on that detail. It could call for the reading and verification of the minutes of the preceding meeting, and use up half a day in that way. It could require that several of its members be entered upon the list of permitted speakers previously to the opening of a sitting; and as there is no time-limit, further delays could thus be accomplished.

These were all lawful weapons, and the men of the Opposition (technically called the Left) were within their rights in using them. They used them to such dire purpose that all parliamentary business was paralysed. The Right (the Government side) could accomplish nothing. Then it had a saving idea. This idea was a curious one. It was to have the President and the Vice-Presidents of the Parliament trample the Rules under foot upon occasion!

This, for a profoundly embittered minority constructed out of fire and gun-cotton! It was time for idle strangers to go and ask leave to look down out of a gallery and see what would be the result of it.

II.
A Memorable Sitting

And now took place that memorable sitting of the House which broke two records. It lasted the best part of two days and a night, surpassing by half an hour the longest sitting known to the world's previous parliamentary history, and breaking the long-speech record with Dr. Lecher's twelve-hour effort, the longest flow of unbroken talk that ever came out of one mouth since the world began.

At 8.45 on the evening of the 28th of October, when the House had been sitting a few minutes short of ten hours, Dr. Lecher was granted the floor. It was a good place for theatrical effects. I think that no other Senate House is so shapely as this one, or so richly and showily decorated. Its plan is that of an opera-house. Up toward the straight side of it–the stage side–rise a couple of terraces of desks for the ministry, and the official clerks or secretaries–terraces thirty feet long, and each supporting about half a dozen desks with spaces between them. Above these is the President's terrace, against the wall. Along it are distributed the proper accommodations for the presiding officer and his assistants. The wall is of richly coloured marble highly polished, its panelled sweep relieved by fluted columns and pilasters of distinguished grace and dignity, which glow softly and frostily in the electric light. Around the spacious half-circle of the floor bends the great two-storied curve of the boxes, its frontage elaborately ornamented and sumptuously gilded. On the floor of the House the 425 desks radiate fanwise from the President's tribune.

The galleries are crowded on this particular evening, for word has gone about that the *Ausgleich* is before the House; that the President, Ritter von Abrahamowicz, has been throttling the Rules; that the Opposition are in an inflammable state in consequence, and that the night session is likely to be of an exciting sort.

The gallery guests are fashionably dressed, and the finery of the women makes a bright and pretty show under the strong electric light. But down on the floor there is no costumery.

The deputies are dressed in day clothes; some of the clothes neat and trim, others not; there may be three members in evening dress, but not more. There are several Catholic priests in their long black gowns, and with crucifixes hanging from their necks. No member wears his hat. One may see by these details that the aspects are not those of an evening sitting of an English House of Commons, but rather those of a sitting of our House of Representatives.

In his high place sits the President, Abrahamowicz, object of the Opposition's limitless hatred. He is sunk back in the depths of his arm-chair, and has his chin down. He brings the ends of his spread fingers together, in front of his breast, and reflectively taps them together, with the air of one who would like to begin business, but must wait, and be as patient as he can. It makes you think of Richelieu. Now and then he swings his head up to the left or to the right and answers something which some one has bent down to say to him. Then he taps his fingers again. He looks tired, and maybe a trifle harassed. He is a gray-haired, long, slender man, with a colourless long face, which, in repose, suggests a death-mask; but when not in repose is tossed and rippled by a turbulent smile which washes this way and that, and is not easy to keep up with—a pious smile, a holy smile, a saintly smile, a deprecating smile, a beseeching and supplicating smile; and when it is at work the large mouth opens, and the flexible lips crumple, and unfold, and crumple again, and move around in a genial and persuasive and angelic way, and expose large glimpses of the teeth; and that interrupts the sacredness of the smile and gives it momentarily a mixed worldly and political and satanic cast. It is a most interesting face to watch. And then the long hands and the body—they furnish great and frequent help to the face in the business of adding to the force of the statesman's words.

To change the tense. At the time of which I have just been speaking the crowds in the galleries were gazing at the stage and the pit with rapt interest and expectancy. One half of the great fan of desks was in effect empty, vacant; in the other half several hundred members were bunched and jammed together as solidly as the bristles in a brush; and they also were waiting and expecting. Presently the Chair delivered this utterance:

"Dr. Lecher has the floor."

Then burst out such another wild and frantic and deafening clamour as has not been heard on this planet since the last time the Comanches surprised a white settlement at midnight. Yells from the Left, counter-yells from the Right, explosions of yells from all sides at once, and all the air sawed and pawed and clawed and cloven by a writhing confusion of gesturing arms and hands. Out of the midst of this thunder and turmoil and tempest rose Dr. Lecher, serene and collected, and the providential length of him enabled his head to show out above it. He began his twelve-hour speech. At any rate, his lips could be seen to move, and that was evidence. On high sat the President, imploring order, with his long hands put together as in prayer, and his lips visibly but not hearably speaking. At intervals he grasped his bell and swung it up and down with vigour, adding its keen clamour to the storm weltering there below.

Dr. Lecher went on with his pantomime speech, contented, untroubled. Here and there and now and then powerful voices burst above the din, and delivered an ejaculation that was heard. Then the din ceased for a moment or two, and gave opportunity to hear what the Chair might answer; then the noise broke out again. Apparently the President was being charged with all sorts of illegal exercises of power in the interest of the Right (the Government side): among these, with arbitrarily closing an Order of Business before it was finished; with an unfair distribution of the right to the floor; with refusal of the floor, upon quibble and protest, to members entitled to it; with stopping a speaker's speech upon quibble and protest; and with other transgressions of the Rules of the House. One of the interrupters who made himself heard was a young fellow of slight build and neat dress, who stood a little apart from the solid crowd and leaned negligently, with folded arms and feet crossed, against a desk. Trim and handsome; strong face and thin features; black hair roughed up; parsimonious moustache; resonant great voice, of good tone and pitch. It is Wolf, capable and hospitable with sword and pistol; fighter of the recent duel with Count Badeni, the head of the Government. He shot Badeni through the arm and then walked over in the politest way and inspected his game, shook hands, expressed regret, and all that. Out of him came early this thundering peal, audible above the storm:

"I demand the floor. I wish to offer a motion."

In the sudden lull which followed, the President answered, "Dr. Lecher has the floor."

Wolf. "I move the close of the sitting!"

P. "Representative Lecher has the floor." [Stormy outburst from the Left–that is, the Opposition.]

Wolf. "I demand the floor for the introduction of a formal notion. [Pause]. Mr. President, are you going to grant it, or not? [Crash of approval from the Left.] I will keep on demanding the floor till I get it."

P. "I call Representative Wolf to order. Dr. Lecher has the floor."

Wolf. "Mr. President, are you going to observe the Rules of this House?" [Tempest of applause and confused ejaculations from the Left—a boom and roar which long endured, and stopped all business for the time being.]

Dr. von Pessler. "By the Rules motions are in order, and the Chair *must* put them to vote."

For answer the President (who is a Pole—I make this remark in passing) began to jangle his bell with energy at the moment that that wild pandemonium of voices burst out again.

Wolf (hearable above the storm). "Mr. President, I demand the floor. We intend to find out, here and now, which is the hardest, a *Pole's skull or a German's!*"

This brought out a perfect cyclone of satisfaction from the Left. In the midst of it someone again moved an adjournment. The President blandly answered that Dr. Lecher had the floor. Which was true; and he was speaking, too, calmly, earnestly, and argumentatively; and the official stenographers had left their places and were at his elbows taking down his words, he leaning and orating into their ears—a most curious and interesting scene.

Dr. von Pessler (to the Chair). "Do not drive us to extremities!"

The tempest burst out again: yells of approval from the Left, catcalls and ironical laughter from the Right. At this point a new and most effective noise-maker was pressed into service. Each desk has an extension, consisting of a removable board eighteen inches long, six wide, and a halfinch thick. A member pulled one of these out and began to belabour the top of his desk with it. Instantly other members followed suit, and perhaps you can imagine the result. Of all conceivable rackets it is the most ear-splitting, intolerable, and altogether fiendish.

The persecuted President leaned back in his chair, closed his eyes, clasped his hands in his lap, and a look of pathetic resignation crept over his long face. It is the way a country schoolmaster used to look in days long past when he had refused his school a holiday and it had risen against him in ill-mannered riot and violence and insurrection. Twice a motion to adjourn had been offered—a motion always in order in other Houses, and doubtless so in this one also. The President had refused to put these motions. By consequence, he was not in a pleasant place now, and was having a right hard time. Votes upon motions, whether carried or defeated, could make endless delay, and postpone the *Ausgleich* to next century.

In the midst of these sorrowful circumstances and this hurricane of yells and screams and satanic clatter, of desk-boards, Representative Dr. Kronawetter unfeelingly reminds the Chair that a motion has been offered, and adds: "Say yes, or no! What do you sit there for, and give no answer?"

P. "After I have given a speaker the floor, I cannot give it to another. After Dr. Lecher is through, I will put your motion." [Storm of indignation from the Left.]

Wolf (to the Chair). "Thunder and lightning I look at the Rule governing the case!"

Kronawetter. "I move the close of the sitting! And I demand the ayes and noes!"

Dr. Lecher. "Mr. President, have I the floor?"

P. "You have the floor."

Wolf (to the Chair, in a stentorian voice which cleaves its way through the storm). "It is by such brutalities as these that you drive us to extremities! Are you waiting till someone shall throw into your face the word that shall describe what you are bringing about?[1] [Tempest of insulted fury from the Right.] *Is that what you are waiting for, old Grayhead?*" [Long-continued clatter of desk-boards from the Left, with shouts of "The vote! the vote!" An ironical shout from the Right, "Wolf is boss!"]

Wolf keeps on demanding the floor for his motion. At length–*P.* "I call Representative Wolf to order! Your conduct is unheard of, sir! You forget that you are in a parliament; you must remember where you are, sir." [Applause from the Right. Dr. Lecher is still peacefully speaking, the stenographers listening at his lips.]

Wolf (banging on his desk with his desk-board). "I demand the floor for my motion! I won't stand this trampling of the Rules under foot–no, not if I die for it! I will never yield! You have got to stop me by force. Have I the floor?"

P. "Representative Wolf, what kind *of* behaviour is this? I call you to order again. You should have some regard for your dignity."

Dr. Lecher speaks on. Wolf turns upon him with an offensive innuendo.

Dr. Lecher. "Mr. Wolf, I beg you to refrain from that sort of suggestions." [Storm of hand-clapping from the Right.]

This was applause from the enemy, for Lecher himself, like Wolf, was an Obstructionist.

1 That is, revolution.

Wolf growls to Lecher, "You can scribble that applause in your album!"

P. "Once more I call Representative Wolf to order! Do not forget that you are a Representative, sir!"

Wolf (slam-banging with his desk-board). "I will force this matter! Are you going to grant me the floor, or not?"

And still the sergeant-at-arms did not appear. It was because there wasn't any. It is a curious thing, but the Chair has no effectual means of compelling order.

After some more interruptions:

Wolf (banging with his board). "I demand the floor. I will not yield!"

P. "I have no recourse against Representative Wolf. In the presence of behaviour like this it is to be regretted that such is the case." [A shout from the Right, "Throw him out!"]

It is true he had no effective recourse. He had an official called an "Ordner," whose help he could invoke in desperate cases, but apparently the Ordner is only a persuader, not a compeller. Apparently he is a sergeant-at-arms who is not loaded; a good enough gun to look at, but not valuable for business.

For another twenty or thirty minutes Wolf went on banging with his board and demanding his rights; then at last the weary President threatened to summon the dread order-maker. But both his manner and his words were reluctant. Evidently it grieved him to have to resort to this dire extremity. He said to Wolf, "If this goes on, I shall feel obliged to summon the Ordner, and beg him to restore order in the House."

Wolf. "I'd like to see you do it! Suppose you fetch in a few policemen too! [Great tumult.] Are you going to put my motion to adjourn, or not?"

Dr. Lecher continues his speech. Wolf accompanies him with his board-clatter.

The President despatches the Ordner, Dr. Lang (himself a deputy), on his order-restoring mission. Wolf, with his board uplifted for defence, confronts the Ordner with a remark which Boss Tweed might have translated into "Now let's see what you are going to do about it!" [Noise and tumult all over the House.]

Wolf stands upon his rights, and says he will maintain them till he is killed in his tracks. Then he resumes his banging, the President jangles his bell and begs for order, and the rest of the House augments the racket the best it can.

Wolf. "I require an adjournment, because I find myself personally threatened. [Laughter from the Right.] Not that I fear for myself; I am only anxious about what will happen to the man who touches me."

The Ordner. "I am not going to fight with you."

Nothing came of the efforts of the angel of peace, and he presently melted out of the scene and disappeared. Wolf went on with his noise and with his demands that he be granted the floor, resting his board at intervals to discharge criticisms and epithets at the Chair. Once he reminded the Chairman of his violated promise to grant him (Wolf) the floor, and said, "Whence I came, we call promise-breakers rascals!" And he advised the Chairman to take his conscience to bed with him and use it as a pillow. Another time he said that the Chair was making itself ridiculous before all Europe. In fact, some of Wolf's language was almost unparliamentary. By-and-by he struck the idea of beating out a *tune* with his board. Later he decided to stop asking for the floor, and to confer it upon himself. And so he and Dr. Lecher now spoke at the same time, and mingled their speeches with the other noises, and nobody heard either of them. Wolf rested himself now and then from speech-making by reading, in his clarion voice, from a pamphlet.

I will explain that Dr. Lecher was not making a twelve-hour speech for pastime, but for an important purpose. It was the Government's intention to push the *Ausgleich* through its preliminary stages in this one sitting (for which it was the Order of the Day), and then by vote refer it to a select committee. It was the Majority's scheme —as charged by the Opposition—to drown debate upon the bill by pure noise—drown it out and stop it. The debate being thus ended, the vote upon the reference would follow—with victory for the Government. But into the Government's calculations had not entered the possibility of a single-barrelled speech which should occupy the entire time-limit of the sitting, and also get itself delivered in spite of all the noise. Goliath was not expecting David. But David was there; and during twelve hours he tranquilly pulled statistical, historical, and argumentative pebbles out of his scrip and slung them at the giant; and when he was done he was victor, and the day was saved.

In the English House an obstructionist has held the floor with Bible-readings and other outside matters; but Dr. Lecher could not have that restful and recuperative privilege—he must confine himself strictly to the subject before the House. More than once, when the President could not hear him because of the general tumult, he sent persons to listen and report as to whether the orator was speaking to the subject or not.

The subject was a peculiarly difficult one, and it would have troubled any other deputy to stick to it three hours without exhausting his ammunition, because it required a vast and intimate knowledge—detailed and particularised knowledge—of the commercial, railroading, financial, and international banking relations existing between two great sovereignties, Hungary and the Empire. But Dr. Lecher is President of the Board of Trade of his city of Brünn, and was master of the situation. His speech was not formally prepared. He had a few notes jotted down for his guidance; he had his facts in his head; his heart was in his work; and for twelve hours he stood there, undisturbed by the clamour around him, and with grace and ease and confidence poured out the riches of his mind, in closely reasoned arguments, clothed in eloquent and faultless phrasing.

He is a young man of thirty-seven. He is tall and well-proportioned, and has cultivated and fortified his muscle by mountain-climbing. If he were a little handsomer he would sufficiently reproduce for me the Chauncey Depew of the great New England dinner nights of some years ago; he has Depew's charm of manner and graces of language and delivery.

There was but one way for Dr. Lecher to hold the floor—he must stay on his legs. If he should sit down to rest a moment, the floor would be taken from him by the enemy in the Chair. When he had been talking three or four hours he himself proposed an adjournment, in order that he might get some rest from his wearing labours; but he limited his motion with the condition that if it was lost he should be allowed to continue his speech, and if it was carried he should have the floor at the next sitting. Wolf was now appeased, and withdrew his own thousand-times-offered motion, and Dr. Lecher's was voted upon—and lost. So he went on speaking.

By one o'clock in the morning, excitement and noise-making had tired out nearly everybody but the orator. Gradually the seats of the Right underwent depopulation; the occupants had slipped out to the refreshment-rooms to eat and drink, or to the corridors to chat. Some one remarked that there was no longer a quorum present, and moved a call of the House. The Chair (Vice-President Dr. Kramarz) refused to put it to vote. There was a small dispute over the legality of this ruling, but the Chair held its ground.

The Left remained on the battle-field to support their

champion. He went steadily on with his speech; and always it was strong, virile, felicitous, and to the point. He was earning applause, and this enabled his party to turn that fact to account. Now and then they applauded him a couple of minutes on a stretch, and during that time he could stop speaking and rest his voice without having the floor taken from him.

At a quarter to two a member of the Left demanded that Dr. Lecher be allowed a recess for rest, and said that the Chairman was "heartless." Dr. Lecher himself asked for ten minutes. The Chair allowed him five. Before the time had run out Dr. Lecher was on his feet again.

Wolf burst out again with a motion to adjourn. Refused by the Chair. Wolf said the whole Parliament wasn't worth a pinch of powder. The Chair retorted that that was true in a case where a single member was able to make all parliamentary business impossible. Dr. Lecher continued his speech.

The members of the Majority went out by detachments from time to time and took naps upon sofas in the reception-rooms; and also refreshed themselves with food and drink—in quantities nearly unbelievable—but the Minority stayed loyally by their champion. Some distinguished deputies of the Majority stayed by him too, compelled thereto by admiration of his great performance. When a man has been speaking eight hours, is it conceivable that he can still be interesting, still fascinating? When Dr. Lecher had been speaking eight hours he was still compactly surrounded by friends who would not leave him, and by foes (of all parties) who *could* not; and all hung enchanted and wondering upon his words, and all testified their admiration with constant and cordial outbursts of applause. Surely this was a triumph without precedent in history.

During the twelve-hour effort friends brought to the orator three glasses of wine, four cups of coffee, and one glass of beer—a most stingy re-enforcement of his wasting tissues, but the hostile Chair would permit no addition to it. But, no matter, the Chair could not beat that man. He was a garrison holding a fort, and was not to be starved out.

When he had been speaking eight hours his pulse was 72; when he had spoken twelve, it was 100.

He finished his long speech in these terms, as nearly as a permissibly free translation can convey them:

"I will now hasten to close my examination of the subject. I conceive that we of the Left have made it clear to the honourable gentlemen of the other side of the House that we are stirred by no intemperate enthusiasm for this measure in its present shape ...

What we require, and shall fight for with all lawful weapons, is a formal, comprehensive, and definitive solution and settlement of these vexed matters. We desire the restoration of the earlier condition of things; the cancellation of all this incapable Government's pernicious trades with Hungary; and then—release from the sorry burden of the Badeni ministry!

I voice the hope—I know not if it will be fulfilled—I voice the deep and sincere and patriotic hope that the committee into whose hands this bill will eventually be committed will take its stand upon high ground, and will return the *Ausgleich-Provisorium* to this House in a form which shall make it the protector and promoter alike of the great interests involved and of the honour of our fatherland." After a pause, turning toward the Government benches: "But in any case, gentlemen of the Majority, make sure of this: henceforth, as before, you find us at our post. The Germans of Austria will neither surrender nor die!"

Then burst a storm of applause which rose and fell, rose and fell, burst out again and again and again, explosion after explosion, hurricane after hurricane, with no apparent promise of ever coming to an end; and meantime the whole Left was surging and weltering about the champion, all bent upon wringing his hand and congratulating him and glorifying him.

Finally he got away, and went home and ate five loaves and twelve baskets of fishes, read the morning papers, slept three hours, took a short drive, then returned to the House, and sat out the rest of the thirty-three-hour session.

To merely *stand up* in one spot twelve hours on a stretch is a feat which very few men could achieve; to add to the task the utterance of a hundred thousand words would be beyond the possibilities of the most of those few; to super-impose the requirement that the words should be put into the form of a compact, coherent, and symmetrical oration would probably rule out the rest of the few, bar Dr. Lecher.

III.
Curious Parliamentary Etiquette

In consequence of Dr. Lecher's twelve-hour speech and the other obstructions furnished by the Minority, the famous thirty-three-hour sitting of the House accomplished nothing. The Government side had made a supreme effort, assisting itself with all the helps at hand, both lawful and unlawful, yet had failed to get the *Ausgleich* into the hands of a committee. This was a severe defeat. The Right was mortified, the Left jubilant.

Parliament was adjourned for a week–to let the members cool off, perhaps–a sacrifice of precious time; for but two months remained in which to carry the all-important *Ausgleich* to a consummation.

If I have reported the behaviour of the House intelligibly, the reader has been surprised at it, and has wondered whence these law-makers come and what they are made of; and he has probably supposed that the conduct exhibited at the Long Sitting was far out of the common, and due to special excitement and irritation. As to the make-up of the House, it is this: the deputies come from all the walks of life and from all the grades of society. There are princes, counts, barons, priests, peasants, mechanics, labourers, lawyers, judges, physicians, professors, merchants, bankers, shopkeepers. They are religious men, they are earnest, sincere, devoted, and they hate the Jews. The title or Doctor is so common in the House that one may almost say that the deputy who does not bear it is by that reason conspicuous. I am assured that it is not a self-granted title, and not an honorary one, but an *earned* one; that in Austria it is very seldom conferred as a mere compliment; that in Austria the degrees of Doctor of Music, Doctor of Philosophy, and so on, are not conferred by the seats of learning; and so, when an Austrian is called Doctor, it means that he is either a lawyer or a physician, and that he is not a self-educated man, but is college-bred, and has been diplomaed for merit.

That answers the question of the constitution of the House. Now as to the House's curious manners. The manners exhibited by this convention of Doctors were not at that time being tried as a wholly new experiment. I will go back to a previous sitting in order to show that the deputies had already had some practice.

There had been an incident. The dignity of the House had been wounded by improprieties indulged in in its presence by a couple of the members. This matter was placed in the hands of a committee to determine where the guilt lay and the degree of it, and also to suggest the punishment. The chairman of the committee brought in his report. By this it appeared that in the course of a speech, Deputy Schrammel said that religion had no proper place in the public schools–it was a private matter. Whereupon Deputy Gregorig shouted, "How about free love!"

To this, Deputy Iro flung out this retort "Soda-water at the Wimberger!"

This appeared to deeply offend Deputy Gregorig, who shouted back at Iro, "You cowardly blatherskite, say that again!"

The committee had sat three hours. Gregorig had apologised; Iro had explained. Iro explained that he didn't say anything about soda-water at the Wimberger. He explained in writing, and was very explicit: "I declare *upon my word of honour* that I did not say the words attributed to me."

Unhappily for his word of honour, it was proved by the official stenographers and by the testimony of several deputies that he *did* say them.

The committee did not officially know why the apparently inconsequential reference to soda-water at the Wimberger should move Deputy Gregorig to call the utterer of it a cowardly blatherskite; still, after proper deliberation, it was of the opinion that the House ought to formally censure the whole business. This verdict seems to have been regarded as sharply severe. I think so because Deputy Dr. Lueger, Bürgermeister of Vienna, felt it a duty to soften the blow to his friend Gregorig by showing that the soda-water remark was not so innocuous as it might look; that, indeed, Gregorig's tough retort was justifiable–and he proceeded to explain why. He read a number of scandalous post-cards which he intimated had proceeded from Iro, as indicated by the handwriting, though they were anonymous. Some of them were posted to Gregorig at his place of business and could have been read by all his subordinates; the others were posted *to Gregorig's wife*. Lueger did not say–but everybody knew–that the cards referred to a matter of town gossip which made Mr. Gregorig a chief actor in a tavern scene where siphon-squirting played a prominent and humorous part, and wherein women had a share.

There were several of the cards; more than several, in fact; no fewer than five were sent in one day. Dr. Lueger read some of them, and described others. Some of them bad pictures on them; one a picture of a hog with a monstrous snout, and beside it a squirting soda-siphon; below it some sarcastic doggerel.

Gregorig deals in shirts, cravats, etc. One of the cards bore these words. "Much-respected Deputy and collar-sewer–or *stealer*."

Another: "Hurrah for the Christian-Social work among the women-assemblages! Hurrah for the soda-squirter!" Comment by Dr. Lueger: "I cannot venture to read the rest of that one, nor the signature, either."

Another: "Would you mind telling me if ..." Comment by Dr. Lueger: "The rest of it is not properly readable."

To Deputy Gregorig's wife: "Much-respected Madam Gregorig, – The undersigned desires an invitation to the next sodasquirt." Comment by Dr. Lueger: "Neither the rest of the card nor the signature can I venture to read to the House, so vulgar are they."

The purpose of this card–to expose Gregorig to his family–was repeated in others of these anonymous missives.

The House, by vote, censured the two improper deputies.

This may have had a modifying effect upon the phraseology of the membership for a while, and upon its general exuberance also, but it was not for long. As has been seen, it had become lively once more on the night of the Long Sitting. At the next sitting after the long one there was certainly no lack of liveliness. The President was persistently ignoring the Rules of the House in the interest of the government side, and the Minority were in an unappeasable fury about it. The ceaseless din and uproar, the shouting and stamping and desk-banging, were deafening, but through it all burst voices now and then that made themselves heard. Some of the remarks were of a very candid sort, and I believe that if they had been uttered in our House of Representatives they would have attracted attention. I will insert some samples here. Not in their order, but selected on their merits:

Dr. Mayreder (to the President). "You have lied! You conceded the floor to me; make it good, or you have lied!"

Mr. Glöckner (to the President). "Leave! Get out!"

Wolf (indicating the President). "There sits a man to whom a certain title belongs!"

Unto Wolf, who is continuously reading, in a powerful voice, from a newspaper, arrive these personal remarks from the

Majority: "Oh, shut your mouth!" "Put him out!" "Out with him!" Wolf stops reading a moment to shout at Dr. Lueger, who has the floor but cannot get a hearing," Please, Betrayer of the People, begin!"

Dr. Lueger. "Meine Herren–" ["Oho!" and groans.]

Wolf. "*That's* the holy light of the Christian Socialists!"

Mr. Kletzenbauer (Christian Socialist). "Dam–nation! are you ever going to quiet down?"

Wolf discharges a galling remark at Mr. Wohlmeyer.

Wohlmeyer (responding). "You Jew, you!"

There is a moment's lull, and Dr. Lueger begins his speech. Graceful, handsome man, with winning manners and attractive bearing, a bright and easy speaker, and is said to know how to trim his political sails to catch any favouring wind that blows. He manages to say a few words, then the tempest overwhelms him again.

Wolf stops reading his paper a moment to say a drastic thing about Lueger and his Christian-Social pieties, which sets the C.S.s in a sort of frenzy.

Mr. Vielohlawek. "You leave the Christian Socialists alone, you word-of-honour-breaker! Obstruct all you want to, but you leave *them* alone! You've no business in this House; you belong in a gin-mill!"

Mr. Prochazka. "In a lunatic-asylum, you mean!"

Vielohlawek. "It's a pity that such a man should be leader of the Germans; he disgraces the German name!"

Dr. Scheicher. "It's a shame that the like of him should insult us."

Strohbach (to Wolf). "Contemptible cub–we will bounce thee out of this!" [It is inferable that the "thee" is not intended to indicate affection this time, but to re enforce and emphasise Mr. Strohbach's scorn.]

Dr. Scheicher. "His insults are of no consequence. He wants his ears boxed."

Dr. Lueger (to Wolf). "You'd better worry a trifle over your Iro's word of honour. You are behaving like a street arab."

Dr. Scheicher. "It is infamous!"

Dr. Lueger. "And *these* shameless creatures are the leaders of the German People's Party!"

Meantime Wolf goes whooping along with his newspaper readings in great contentment.

Dr. Pattai. "Shut up! Shut up! Shut *up!* You haven't the floor!"

Strohbach. "The miserable cub!"

Dr. Lueger (to Wolf, raising his voice strenuously above the storm). "You are a wholly honourless street brat!" [A voice, "Fire the rapscallion out!" But Wolf's soul goes marching noisily on, just the same.]

Schönerer (vast and muscular, and endowed with the most powerful voice in the Reichsrath; comes ploughing down through the standing crowds, red, and choking with anger; halts before Deputy Wohlmeyer, grabs a rule and smashes it with a blow upon a desk, threatens Wohlmeyer's face with his fist, and bellows out some personalities, and a promise). "Only you wait–we'll teach you!" [A whirlwind of offensive retorts assails him from the band of meek and humble Christian Socialists compacted around their leader, that distinguished religious expert, Dr. Lueger, Bürgermeister of Vienna. Our breath comes in excited gasps now, and we are full of hope. We imagine that we are back fifty years ago in the Arkansas Legislature, and we think we know what is going to happen, and are glad we came, and glad we are up in the gallery, out of the way, where we can see the whole thing and yet not have to supply any of the material for the inquest. However, as it turns out, our confidence is abused, our hopes are misplaced.]

Dr. Pattai (wildly excited). "You quiet down, or we shall turn ourselves loose! There will be cuffing of ears!"

Prochazka (in a fury). "No–*not* ear boxing, but genuine *blows*!"

Vielohlawek. "I would rather take my hat off to a Jew than to Wolf!"

Strohbach (to Wolf). "Jew flunky! Here we have been fighting the Jews for ten years, and now you are helping them to power again. How much do you get for it?"

Holansky. "What he wants is a strait-jacket!"

Wolf continues his readings. It is a market report now.

Remark flung across the House to Schönerer: *"Die Grossmutter auf dem Misthaufen erzeugt worden!"*

It will be judicious not to translate that. Its flavour is pretty high, in any case, but it becomes particularly gamy when you remember that the first gallery was well stocked with ladies.

Apparently it was a great hit. It fetched thunders of joyous enthusiasm out of the Christian Socialists, and in their rapture they flung biting epithets with wasteful liberality at specially detested members of the Opposition; among others, this one at Schönerer: *"Bordell in der Krugerstrasse!"* Then they added these words, which they whooped, howled, and also even sang, in a deep-voiced chorus: "*Schmul Leeb Kohn*! *Schmul Leeb Kohn! Schmul Leeb Kohn!*" and made it splendidly audible above the banging of desk-boards and the rest of the roaring; cyclone of fiendish noises. [A gallery witticism comes flitting by from mouth to mouth around the great curve: "The swansong of Austrian representative government!" You can note its progress by the applausive smiles and nods it gets as it skims along.]

Kletzenbauer. " Holofernes, where is Judith?" [Storm of laughter.]

Gregorig (the shirt-merchant). "This Wolf-Theatre is costing 6,000 florins!"

Wolf (with sweetness). "Notice him, gentlemen; it is Mr. Gregorig." [Laughter.]

Vielohlawek (to Wolf). "You Judas!"

Schneider. "Brothel-knight!"

Chorus of Voices. "East-German offal tub!"

And so the war of epithets crashes along, with never- diminishing energy, for a couple of hours.

The ladies in the gallery were learning. That was well; for by-and-by ladies will form a part of the membership of all the legislatures in the world; as soon as they can prove competency they will be admitted. At present, men only are competent to legislate; therefore they look down upon women, and would feel degraded if they had to have them for colleagues in their high calling.

Wolf is yelling another market report now.

Gessman. "Shut up, infamous louse-brat!"

During a momentary lull Dr. Lueger gets a hearing for three sentences of his speech. They demand and require that the President shall suppress the four noisiest members of the Opposition.

Wolf (with a that-settles-it toss of the head). "The shifty trickster of Vienna has spoken!"

Iro belonged to Schönerer's party. The word-of-honour incident has given it a new name. Gregorig is a Christian Socialist, and hero of the post-cards and the Wimberger soda-squirting incident. He stands vast and conspicuous, and conceited and self-satisfied, and roosterish and inconsequential, at Lueger's elbow, and is proud and cocky to be in such great company. He looks very well indeed; really majestic, and aware of it. He crows out ins little empty remark, now and then, and looks as pleased as if he had been delivered of the *Ausgleich.* Indeed, he does look notably fine. He wears almost the only dress vest on the floor; it exposes a continental spread of white shirt-front; his hands are posed at ease in the lips of his trousers pockets; his head is tilted back complacently; he is attitudinising; he is playing to the gallery. However, they are all doing that. It is curious to see. Men who only vote, and can't make speeches, and don't know how to invent witty ejaculations, wander about the vacated parts of the floor, and stop in a good place and strike attitudes–attitudes suggestive of weighty thought, mostly and glance furtively up at the galleries to see how it works; or a couple will come together and shake hands in an artificial way, and laugh a gay manufactured laugh, and do some constrained and self-conscious attitudinising; and *they* steal glances at the galleries to see if they are getting notice. It is like a scene on the stage–by-play by minor actors at the back while the stars do the great work at the front. Even Count Badeni attitudinises for a moment; strikes a reflective Napoleonic attitude of fine picturesqueness–but soon thinks better of it and desists. There are two who do not attitudinise–poor harried and insulted President Abrahamowicz, who seems wholly miserable, and can find no way to put in the dreary time but by swinging his bell and by discharging occasional remarks which nobody can hear; and a resigned and patient priest, who sits lonely in a great vacancy on Majority territory and munches an apple.

Schönerer uplifts his fog-horn of a voice and shakes the roof with an insult discharged at the Majority.

Dr. Lueger. "The Honourless Party would better keep still here!"

Gregorig (the echo, swelling out his shirt-front). "Yes, keep quiet, pimp!"

Schönerer (to Lueger). "Political mountebank!"

Prochazka (to Schönerer). "Drunken clown!"

During the final hour of the sitting many happy phrases were distributed through the proceedings. Among them were these–and they are strikingly good ones:

"Blatherskite!"

"Blackguard!"

"Scoundrel!"

"Brothel-daddy!"

This last was the contribution of Dr. Gessman, and gave great satisfaction. And deservedly. It seems to me that it was one of the most sparkling things that was said during the whole evening.

At half-past two in the morning the House adjourned. The victory was with the Opposition. No; not quite that. The effective part of it was snatched away from them by an unlawful exercise of Presidential force—another contribution toward driving the mistreated Minority out of their minds.

At other sittings of the parliament, gentlemen of the Opposition, shaking their fists toward the President, addressed him as "Polish Dog." At one sitting an angry deputy turned upon a colleague and shouted,

"– – – – – !"

You must try to imagine what it was. If I should offer it even in the original it would probably not get by the editor's blue pencil; to offer a translation would be to waste my ink, of course. This remark was frankly printed in its entirety by one of the Vienna dailies, but the others disguised the toughest half of it with stars.

If the reader will go back over this chapter and gather its array of extraordinary epithets into a bunch and examine them, he will marvel at two things: how this convention of gentlemen could consent to use such gross terms; and why the users were allowed to get out of the place alive. There is no way to understand this strange situation. If every man in the House were a professional blackguard, and had his home in a sailor boarding-house, one could still not understand it; for, although that sort do use such terms, they never *take* them. These men are not professional blackguards; they are mainly gentlemen, and educated; yet they use the terms, and take them too. They really seem to attach no consequence to them. One cannot say that they act like schoolboys; for that is only almost true, not entirely. Schoolboys blackguard each other fiercely, and by the hour, and one would think that nothing would ever come of it but noise; but that would be a mistake. Up to a certain limit the result would be noise only, but, that limit overstepped, trouble would follow right away. There are certain phrases—phrases of a peculiar character—phrases of the nature of that reference to Schönerer's grandmother, for instance—which not even the most spiritless schoolboy in the English-speaking world would allow to pass unavenged. One difference between schoolboys and the law-makers of the Reichsrath seems to be that the law-makers have no limit, no danger-line. Apparently they may call each other what they please, and go home unmutilated.

Now, in fact, they did have a scuffle on two occasions, but it was not on account of names called. There has been no scuffle where *that* was the cause.

It is not to be inferred that the House lacks a sense of honour because it lacks delicacy. That would be an error. Iro was caught in a lie, and it profoundly disgraced him. The House cut him, turned its back upon him. He resigned his seat; otherwise he would have been expelled. But it was lenient with Gregorig, who had called Iro a cowardly blatherskite in debate. It merely went through the form of mildly censuring him. That did not trouble Gregorig.

The Viennese say of themselves that they are an easy-going, pleasure-loving community, making the best of life, and not taking it very seriously. Nevertheless, they are grieved about the ways of their parliament, and say quite frankly that they are ashamed. They claim that the low condition of the parliament's manners is new, not old. A gentleman who was at the head of the government twenty years ago confirms this, and says that in his time the parliament was orderly and well-behaved. An English gentleman of long residence here endorses this, and says that a low order of politicians originated the present forms of questionable speech on the stump some years ago, and imported them into the parliament.[2] However, some day there will be a Minister of Etiquette and a sergeant-at-arms, and then things will go better. I mean if parliament and the Constitution survive the present storm.

2 "In that gracious bygone time when a mild and good-tempered spirit was the atmosphere of our House, when the manner of our speakers was studiously formal and academic, and the storms and explosions of to-day were wholly unknown," etc.–*Translation of the opening remark of a leading article in tins morning's "Neue Freie Presse," December 11 [1897].*

IV.
The Historic Climax

During the whole of November things went from bad to worse. The all-important *Ausgleich* remained hard aground, and could not be sparred off. Badeni's government could not withdraw the Language Ordinance and keep its majority, and the Opposition could not be placated on easier terms. One night, while the customary pandemonium was crashing and thundering along at its best, a fight broke out. It was a surging, struggling, shoulder-to-shoulder scramble. A great many blows were struck. Twice Schönerer lifted one of the heavy ministerial fauteuils–some say with one hand–and threatened members of the Majority with it, but it was wrenched away from him; a member hammered Wolf over the head with the President's bell, and another member choked him; a professor was flung down and belaboured with fists and choked; he held up an open penknife as a defence against the blows; it was snatched from him and flung to a distance; it hit a peaceful Christian Socialist who wasn't doing anything, and brought blood from his hand. This was the only blood drawn. The men who got hammered and choked looked sound and well next day. The fists and the bell were not properly handled, or better results would have been apparent. I am quite sure that the fighters were not in earnest.

On Thanksgiving Day the sitting was a history-making one. On that day the harried, bedeviled, and despairing government went insane. In order to free itself from the thraldom of the Opposition it committed this curiously juvenile crime: it moved an important change of the Rules of the House, forbade debate upon the motion, put it to a stand-up vote instead of ayes and noes, and then gravely claimed that it had been adopted; whereas, to even the dullest witness–if I without immodesty may pretend to that place–it was plain that nothing legitimately to be called a vote had been taken at all.

I think that Saltpeter never uttered a truer thing than when he said, "Whom the gods would destroy they first make mad." Evidently the government's mind was tottering when this bald insult to the House was the best way it could contrive for getting out of the frying-pan.

The episode would have been funny if the matter at stake had been a trifle; but in the circumstances it was pathetic. The usual storm was raging in the House. As usual, many of the Majority and the most of the Minority were standing up—to have a better chance to exchange epithets and make other noises. Into this storm Count Falkenhayn entered, with his paper in his hand; and at once there was a rush to get near him and hear him read his motion. In a moment he was walled in by listeners. The several clauses of his motion were loudly applauded by these allies, and as loudly disapplauded—if I may invent a word—by such of the Opposition as could hear his voice. When he took his seat the President promptly put the motion—persons desiring to vote in the affirmative, *stand up*! The House was already standing up; had been standing for an hour; and before a third of it had found out what the President had been saying, he had proclaimed the adoption of the motion! And only a few heard *that*. In fact, when that House is legislating you can't tell it from artillery practice.

You will realise what a happy idea it was to side-track the lawful ayes and noes and substitute a stand-up vote by this fact: that a little later, when a deputation of deputies waited upon the President and asked him if he was actually willing to claim that that measure had been passed, he answered, "Yes—and *unanimously*." It shows that in effect the whole House was on its feet when that trick was sprung.

The "Lex Falkenhayn," thus strangely born, gave the President power to suspend for three days any deputy who should continue to be disorderly after being called to order twice, and it also placed at his disposal such force as might be necessary to make the suspension effective. So the House had a sergeant-at-arms at last, and a more formidable one, as to power, than any other legislature in Christendom had ever possessed. The Lex Falkenhayn also gave the House itself authority to suspend members for *thirty* days.

On these terms the *Ausgleich* could be put through in an hour – apparently. The Opposition would have to sit meek and quiet, and stop obstructing, or be turned into the street, deputy after deputy, leaving the Majority an unvexed field for its work.

Certainly the thing looked well. The government was out of the frying-pan at last. It congratulated itself, and was almost girlishly happy. Its stock rose suddenly from less than nothing to a premium. It confessed to itself, with pride, that its Lex Falkenhayn was a master-stroke—a work of genius.

However, there were doubters—men who were troubled, and believed that a grave mistake had been made. It might be that the

Opposition was crushed, and profitably for the country, too; but the *manner* of it—the *manner* of it! That was the serious part. It could have far-reaching results; results whose gravity might transcend all guessing. It might be the initial step toward a return to government by force, a restoration of the irresponsible methods of obsolete times.

There were no vacant seats in the galleries next day. In fact, standing-room outside the building was at a premium. There were crowds there, and a glittering array of helmeted and brass-buttoned police, on foot and on horseback, to keep them from getting too much excited. No one could guess what was going to happen, but every one felt that *something* was going to happen, and hoped he might have a chance to see it, or at least get the news of it while it was fresh.

At noon the House was empty—for I do not count myself. Half an hour later the two galleries were solidly packed, the floor still empty. Another half-hour later Wolf entered and passed to his place; then other deputies began to stream in, among them many forms and faces grown familiar of late. By one o'clock the membership was present in full force. A band of Socialists stood grouped against the ministerial desks, in the shadow of the Presidential tribune. It was observable that these official strongholds were now protected against rushes by bolted gates, and that these were in ward of servants wearing the House's livery. Also the removable desk-boards had been taken away, and nothing left for disorderly members to slat with.

There was a pervading, anxious hush—at least what stood very well for a hush in that House. It was believed by many that the Opposition was cowed, and that there would be no more obstruction, no more noise. That was an error.

Presently the President entered by the distant door to the right, followed by Vice-President Fuchs, and the two took their way down past the Polish benches toward the tribune. Instantly the customary storm of noises burst out, and rose higher and higher, and wilder and wilder, and really seemed to surpass anything that had gone before it in that place. The President took his seat and begged for order, but no one could hear him. His lips moved—one could see that; he bowed his body forward appealingly, and spread his great hand eloquently over his breast—one could see that; but as concerned his uttered words, he probably could not hear them himself. Below him was that crowd of two dozen Socialists glaring up at him, shaking their fists at him, roaring imprecations and insulting epithets at him. This went on for some time. Suddenly the Socialists burst through the gates and stormed up through the ministerial benches, and a man in a red cravat reached up and snatched the documents that lay on the President's desk and flung them abroad. The next moment he and his allies were struggling and fighting with the half-dozen uniformed servants who were there to protect the new gates. Meantime a detail of Socialists had swarmed up the side steps and overflowed the President and the Vice, and were crowding and shouldering and shoving them out of the place. They crowded them out, and down the steps and across the House, past the Polish benches; and all about them swarmed hostile Poles and Czechs, who resisted them. One could see fists go up and come down, with other signs and shows of a heady fight; then the President and the Vice disappeared through the door of entrance, and the victorious Socialists turned and marched back, mounted the tribune, flung the President's bell and his remaining papers abroad, and then stood there in a compact little crowd, eleven strong, and held the place as if it were a fortress. Their friends on the floor were in a frenzy of triumph, and manifested it in their deafening way. The whole House was on its feet, amazed and wondering.

It was an astonishing situation, and imposingly dramatic. Nobody had looked for this. The unexpected had happened. What next? But there *can* be no next; the play is over; the grand climax is reached; the possibilities are exhausted; ring down the curtain.

Not yet. That distant door opens again. And now we see what history will be talking of five centuries hence: a uniformed and helmeted battalion of bronzed and stalwart men marching in double file down the floor of the House—a free parliament profaned by an invasion of brute force!

It was an odious spectacle—odious and awful. For one moment it was an unbelievable thing—a thing beyond all credibility; it must be a delusion, a dream, a nightmare. But no, it was real—pitifully real, shamefully real, hideously real. These sixty policemen had been soldiers, and they went at their work with the cold unsentimentality of their trade. They ascended the steps of the tribune, laid their hands upon the inviolable persons of the representatives of a nation, and dragged and tugged and hauled them down the steps and out at the door; then ranged themselves in stately military array in front of the ministerial estrade, and so stood.

It was a tremendous episode. The memory of it will outlast all the thrones that exist to-day. In the whole history of free parliaments the like of it had been seen but three times before. It takes its imposing place among the world's unforgetable things. I think that in my lifetime I have not twice seen abiding history made before my eyes, but I know that I have seen it once.

Some of the results of this wild freak followed instantly. The Badeni government came down with a crash; there was a popular outbreak or two in Vienna; there were three or four days of furious rioting in Prague, followed by the establishing there of martial law; the Jews and Germans were harried and plundered, and their houses destroyed; in other Bohemian towns there was rioting–in some cases the Germans being the rioters, in others the Czechs–and in all cases the Jew had to roast, no matter which side he was on. We are well along in December now;[3] the next new Minister-President has not been able to patch up a peace among the warring factions of the parliament, therefore there is no use in calling it together again for the present; public opinion believes that parliamentary government and the Constitution are actually threatened with extinction, and that the permanency of the monarchy itself is a not absolutely certain thing!

Yes, the Lex Falkenhayn was a great invention, and did what was claimed for it–it got the government out of the frying-pan.[4]

3 It is the 9th – M.T.

4 Mark Twain, The man that corrupted Hadleyburg and other stories and sketches, London: Chatto & Windus, 1925, 296-336.

Reichsratsgebäude (Parlament), Tür im Empfangssalon

Mark

Das „parlar
System in Ö

Twain

nentarische
sterreich“?

Regieren mit Paragraph 14

Es ist folgendermaßen aufgebaut – falls es denn noch existiert.

Ungarn ist darin nicht repräsentiert, sondern nur Österreich. Insgesamt leben in Österreich rund 24 Millionen Menschen. Vor dem Juni 1896 gehörten dem Abgeordnetenhaus 353 Mitglieder an. Deren Wahl erfolgte durch vier privilegierte, sogenannte Wählerkurien: Kurie Nº 1 war jene der Großgrundbesitzer sowie – in einigen Kronländern – der besonders zahlungskräftigen Steuerzahler (hier wählten Männer *und* Frauen), Nº 2 bildeten die Städte, Märkte und Industrieorte, Nº 3 die Handels- und Gewerbekammern und Nº 4 die Landgemeinden. Von den 353 Abgeordneten wurden 85 durch Wählerkurie Nº 1 bestimmt, 116 durch Nº 2, weitere 21 durch Nº 3 und schließlich 131 durch Nº 4. Die vier Kurien bestanden insgesamt aus 1.891.000 Wahlberechtigten, wobei jedoch Nº 1 über eine Stimmenmacht verfügte, die in keinerlei Verhältnis zur Anzahl ihrer Wähler stand.

Im Juni 1896 wurde nun eine kuriose „Reform" vollzogen; sie erfolgte in ehrfurchtsvoller Eintracht mit der politischen Gepflogenheit in Österreich, welche zwar jedwede Veränderung bestehender politischer Einrichtungen untersagt – an deren heiligen Säulen darf nicht gerüttelt werden –, es jedoch sehr wohl gestattet, derlei bestehende Einrichtungen durch Zusätze zu *ergänzen*. Der Zusatz von 1896 ließ Einfluss und Privilegien der vier Wahlkurien unangetastet, schuf jedoch eine fünfte Wählerklasse mit 4.128.000 Wählern, die durch 72 neue Reichsratsmitglieder repräsentiert wurden. Diese neuen Abgeordneten erhöhten die Mitgliederzahl auf ihren derzeitigen Stand von 425. Die 353 bisherigen Mitglieder werden weiterhin durch die 1.891.000 Wähler der vier bestehenden Kurien bestimmt, von denen allerdings die meisten auch bei der Wahl der 72 zusätzlichen Abgeordneten durch die 4.128.000 neuen Wähler mitstimmten.

Wählerkurie Nº 5 ist ein glänzendes und hübsches Phantom – das Phantom des allgemeinen Wahlrechts. Es handelt sich *in der Tat* um ein allgemeines Wahlrecht, freilich nur so weit sich seine Miniaturallgemeinheit erstreckt: Nº 5 darf 72 von 425 Abgeordneten wählen und dieses fabelhafte Privileg wird keinem Manne über 24 Jahren vorenthalten, es sei denn, er ist Soldat, Marinematrose oder Gendarm im

Aktivstand, Bankrotteur, verurteilter Dieb, Betrüger etc. oder gehört einer besonderen Gruppe von Fürsorgebefohlenen an, d. h. Nutznießern von Zuwendungen des Staates oder des Kronlandes. Selbst jener geschmähte Bürger, der Jude, genießt das Männerwahlrecht.

Für das, was sie ist, bietet sie ein feines, sogar aufgeputztes Gesicht – diese Gunst. Wenn allerdings 4.981.000 Stimmen nur 72 von 425 Abgeordneten wählen dürfen und dabei auch noch zulassen müssen, dass die vier Großen eingreifen und ihr Votum verwässern, wäre es wohl einigermaßen übertrieben, hier von Großmut zu sprechen. Ich würde meinen, es handelt sich nicht um eine Gunst, sondern – wie die Wiener vielleicht sagen würden – um ein Günsterl.

Doch vielleicht lässt sich das elfenzarte Wesen dieser Gunst am besten unter Zuhilfenahme der Statistik veranschaulichen. Vor der letzten Erweiterung des Wahlrechts gehörten den vier alten Wählerkurien 1.890.926 Personen an. Die neu geschaffene allgemeine oder 5. Wählerklasse zählte insgesamt 5.018.217 Stimmberechtigte. Von diesen haben jedoch 36,5 Prozent ihr Wahlrecht bereits als Mitglieder einer der vier alten Wählerkurien ausgeübt. Weitere 19 Prozent verfügten bereits über eine Stimme bei Wahlen der Gemeindevertretung. Damit verbleiben lediglich 2.233.938 neue Wähler (das sind 44,5 Prozent der gut fünf Millionen), die erstmals Gelegenheit zur Teilhabe am öffentlichen Geschehen erhielten. Während nun also der Großgrundbesitz für jeweils 64 Stimmen einen Abgeordneten ins Parlament entsendet und die Handelskammern einen für jeweils 28, erhalten die Städte und Märkte einen Abgeordneten pro 3.341 Stimmen, die Landgemeinden einen pro 11.555 Stimmen und die schlichte, gewöhnliche und erstmalige Wählerschaft der allgemeinen Wählerklasse № 5 einen pro 69.697 Stimmen. Somit beträgt das Gewicht dieser neuen Stimmen im Vergleich nur ein Sechstel dessen, was die Steuerzahler im ländlichen Raum, und ein Zwanzigstel dessen, was jene in den Städten bewirken können, und sie haben *weniger als den tausendsten Teil* des Gewichts der Stimme eines Großgrundbesitzers; zudem, wie schon zuvor angemerkt, hat Letzterer *auch noch einen Anteil* an dem kümmerlichen Zugeständnis, das dem besitzlosen Niemand gewährt wurde, indem er bei der Wahl seiner 72 neuen Abgeordneten mitstimmt.

Um dieses Missverhältnis wirklich zu verstehen, sollten wir es jedoch zunächst anhand eines anschaulichen Beispiels verdeutlichen. Nehmen wir die englische Währung: Eine Guinea hat etwas mehr als 1.000 Farthings. Angenommen, die Guinea steht für die 64 Stimmen, mit denen der Großgrundbesitz ein Parlamentsmitglied wählt, und ihr Gegenwert in Farthings für die etwas mehr als 69.000 Stimmen, mit denen die allgemeine Wählerklasse einen Abgeordneten entsendet. Die 64 Guineas passen mit Müh und Not auf einen Zylinderhut, wohingegen sich mit den über 69.000 Farthings ohne Weiteres die Kuppel von St. Paul's Cathedral decken ließe und noch genügend übrig bliebe, um die Handwerker zu bezahlen. Oder anders ausgedrückt: Stellen wir uns die 64 als Katzen und die gut 69.000 als Mäuse vor. Diese Menge von Mäusen würde die Katzen volle sechs Monate lang gut genährt halten; bei sechseinhalb Mäusen pro Tag und Katze entspräche das immerhin einer Monatsration von 165. Solcherart wird den Mäusen nun schon seit Jahrhunderten mitgespielt. Und darin zeigt sich auch, dass die Rechnung aufgeht. Noch ein letztes Exempel: Der Leser wird bemerkt haben, dass die 5.440 Großgrundbesitzer exakt ein Fünftel des Abgeordnetenhauses wählen (85 von 425); während es den ganzen Rest der Bevölkerung Österreichs von 23.984.345 braucht, um die anderen vier Fünftel zu bestimmen: ein prächtiges Beispiel dafür, wie der Schwanz mit dem Hund wedelt.

Fragt man den Mann auf der Straße, warum das Wahlrecht solcherart beschaffen ist oder wie es dazu kam, dass die Wählerschaft im Schiffsrumpf der Nation dergestalt in fünf streng voneinander abgeschotteten Räumen verfrachtet ist, so hört man vermutlich das Folgende: „Offenkundig war eine Verfassung beabsichtigt, die dem Volk möglichst wenig Mitsprache bei seinen eigenen Angelegenheiten einräumt und die weit reichenden Vorrechte der Krone möglichst uneingeschränkt bewahrt; und so, wie sich die Verfassung in der Praxis auswirkt, wird deutlich, dass dieses Ziel erreicht wurde."

Wir haben nun also gesehen, wie das österreichische Parlament aufgebaut ist und welch kuriosem, ebenso interessantem wie altertümlichem Plan es folgt; doch der Geist, der seine Abgeordneten beseelt, ist nicht minder kurios. Denn während andere gesetzgebende Körperschaften vor allem mit dem Kopf arbeiten, tut es die österreichische vor allem mit dem Herzen. Man sollte erwarten, dass dies umwälzende Folgen zeitigte, ja man könnte sich dessen beinahe gewiss sein. Und wer daran zweifelte, der möge herkommen und es sich ansehen. Die Mitglieder der meisten anderen Legislativen sind nach politischen Grundsätzen gruppiert und gekennzeichnet, und jene des Reichsrats sind es nicht minder; doch weisen Letztgenannte noch ein zusätzliches Merkmal auf: jenes der *nationalen Zugehörigkeit*. Das britische Unterhaus hat in der Irischen Partei dasselbe Phänomen – und oft erfahren, wie kompakt und entschlossen, wie beharrlich und unerbittlich eine solche Kraft sein kann. Hätte das House of Commons es mit acht bis zehn solcher Brandherde zu tun, es ginge dort weit weniger besinnlich, dafür wohl viel interessanter zu. Nun, im Reichsrat sind insgesamt neun Nationalitäten vertreten – gewissermaßen neun Irish Parties, mit allem, was dies an Schwierigkeiten verheißt, wenn diese Volksvertretung in einer für die Nation lebenswichtigen Frage geeint werden muss. Es gab Zeiten, da eine solche Einheit durchaus möglich war: eine Zeit, als alle „für den Staat" waren; und vielleicht hätte das auch so bleiben können, wären nur genügend *Konjunktive* in die Tat umgesetzt worden: Hätte die Krone ihre mündlichen Zusagen wahr gemacht (zu welchen sie unter widrigen Umständen bereit gewesen war); hätte sie die *schriftlichen* Zusagen in der *bestehenden* Verfassung erfüllt; hätte sie nicht nur eine kleine Minderheit ins Vertrauen gezogen, sondern die gesamte Nation, und überall eine faire und vernünftige Aufteilung des Wahlrechts gewährt. Dieses letzte Detail erwähne ich nicht aus Anmaßung, sondern weil vor über fünf Jahren (und zwar mit Billigung des Kaisers) schon ein Vorschlag in dieser Richtung im Reichsrat eingebracht wurde und weil einer jener Staatsmänner, die ihn damals mit größtem Eifer bekämpften, seither der Überzeugung ist, damit einen Fehler begangen zu haben.

Die Gelegenheit, zu einer Stärkung der nationalen Einheit zu gelangen, wurde versäumt; die kleineren Nationalitäten blieben fein geschieden, wobei jede sich herzlich Mühe gab, für die eigenen Sonderrechte und Privilegien zu kämpfen, dies freilich in fester Eintracht gegen den Rest. Und so bietet sich heute das Spektakel einer Legislative, die, abgesehen von den üblichen Gruppierungen in politische Parteien, auch noch in Nationalitäten dividiert und zergliedert ist. Die Angehörigen einer Nationalität ziehen nur dann an einem gemeinsamen Strang, wenn es sich um ihre kleinen nationalen Angelegenheiten handelt; geht es um wichtige Fragen – Religion, Finanzen, Handel etc. –, sind sie in fast ebenso viele Grüppchen und Parteien gespalten, unterteilt und unter-unterteilt, wie es Abgeordnete im Parlament gibt. Manchmal zählt eine Partei nur vier Mitglieder; sie bringt dann aber oft kein Quorum zustande, mit dem sie die Debatten unterbrechen könnte, weil drei ihrer Mitglieder noch fünfzehn anderen Parteien angehören und *denen* gerade dabei helfen, Krach zu schlagen.

Nun füge man den genannten Unzukömmlichkeiten noch die folgenden hinzu: Jeder Abgeordnete darf sein Rederecht getrost eine Woche lang ausüben, sofern er sich der dem Parlament vorliegenden Sachfrage widmet; über so ziemlich alles, was man sich nur vorstellen kann, kann eine namentliche Abstimmung verlangt werden; ist einem Abgeordneten danach, in eine Blechtrompete zu blasen, mit dem Spazierstock auf sein Pult einzuschlagen oder die Sitzung auf andere Weise lärmend zu übertönen und zunichtezumachen, kann er dies unbehelligt tun; es gibt keinen Saaldiener und auch sonst niemanden, der befugt wäre, im Hause für Disziplin zu sorgen.

Angesichts eines Abgeordnetenhauses aus einander feindselig gesinnten Nationalitäten, die ihrerseits unterteilt sind in eine Vielzahl heillos zerstrittener und unversöhnlicher Parteien, eines hie und da verspürbaren Aufwallens religiöser Differenzen, das sich von seiner empfindlichen Seite zeigt, sowie einer ganzen Schar von Leuten, die ungeniert und voller Eifer den Fortgang der Dinge behindern – und niemanden, der autorisiert wäre, *sie* daran zu hindern – was meinen Sie? Ist dies das Ende der parlamentarischen Regierung in Österreich? Seit jenem denkwürdigen Zeitpunkt, da die Polizei in das Parlament eingedrungen ist, gab es mehrere Versuche, die parlamentarische Arbeit wieder aufzunehmen, jedoch ohne Erfolg. Der Eindruck scheint weitverbreitet, dass das gegenwärtige System nicht funktionieren kann, dass es ein für allemal zusammengebrochen ist und alle Bemühungen, die Maschinerie wieder in Gang zu setzen, zum Scheitern verurteilt sind.

Gibt es gar keine Hoffnung? Keinen Ausweg? Muss Österreich in seine Bestandteile zerfallen? Wer so denkt, hat offenbar Paragraph Vierzehn übersehen. Paragraph 14 der Verfassung, der wertvollste Paragraph, den wohl je eine Verfassung gesehen hat: Von Meisterhand formuliert und von meisterhaftem Verstand ausgelegt, ist er für sich genommen schon eine Verfassung, sieht er doch vor, dass zwischen den Sitzungen der Legislative die Erlassung dringender neuer Gesetze durch die Exekutive erfolgen kann und auch alle sonstigen Aufgaben und Geschäfte des Staates von dieser fortgeführt werden – und erhebt die Exekutive dergestalt selbst in den Rang einer Legislative. Bei bestimmten dringlichen Angelegenheiten verbietet Paragraph 14 die *dauerhafte* Wirksamkeit dieser Notverordnungen, bei bestimmten anderen jedweden Eingriff; zudem müssen alle provisorischen Gesetze dem Parlament binnen vier Wochen ab seiner nächsten Sitzung zur Genehmigung vorgelegt werden. Nach außen hin gibt sich § 14 also durchaus vernünftig und tugendhaft. Doch der Paragraph ist in der deutschen Sprache verfasst – jener so umsichtigen deutschen Sprache. Darin liegt auch seine

Stärke. Denn § 14 bedeutet, was immer einem gefällt, aber für zwei Menschen nie ein und dasselbe; keine deutsche Aussage tut das je. Er klingt nüchtern und eindeutig wie das Sechste Gebot, dennoch kann die Regierung mit ihm tagtäglich Ehebruch begehen, und auch wenn jeder davon wissen dürfte, kann keiner es beweisen. Inzwischen sorgt er seit über einem Jahr dafür, dass im Reich alles seinen bequemen und reibungslosen Gang geht, und wäre dazu ohne Zweifel bis zum Sanktnimmerleinstag imstande. Solange das Parlament in seiner Trance verharrt, droht den nach Paragraph 14 erledigten Geschäften keinerlei Untersuchung und regt sich auch kein Einwand; möglicherweise kommt nie wieder ein Parlament zusammen – wäre in diesem Fall für die Regierung ein erfreulicheres Arrangement denkbar? Eine Regierung nach Paragraph Vierzehn wird dem Land zweifellos weiterhin gute Dienste leisten. Für einen dauerhaften Ausgleich mit Ungarn kann damit zwar nicht gesorgt werden, aber das tut nichts zur Sache: dann fabriziert man eben einen vorläufigen und gleich darauf noch einen. Lässt sich im politischen Rüstzeug Österreichs derzeit eine Schwachstelle feststellen? Militär, Steuerwesen und Beamtenschaft sind intakt und handlungsfähig; und wenn alle Stricke reißen, verfügt das Land immer noch über Paragraph 14, das politische Sechste Gebot, wobei die Absicht besteht, am Stand der Dinge unverändert festzuhalten.

Sie haben mich allein nach dem parlamentarischen System gefragt und darauf habe ich mich beschränkt. Es gab einmal eines.

Wien, im Februar [1899]

Thronrede von Kaiser Franz Joseph I. im Zeremoniensaal der Hofburg anlässlich der Eröffnung der XII. Session des Reichsrates, 29. März 1897

HALMI

Mark Twain

The "Austrian Parliamentary System"?

Originaltext von Mark Twain, verfasst für Lords and Commons, London, 25 February 1899

Government by Article 14

The "Austrian parliamentary system"? This is its construction—if it still exists:

In it Hungary is not represented, but only Austria. In round numbers Austria's population is 24,000,000. Previously to June 1896 the Lower House contained 353 members. These were chosen by four privileged bodies of voters: 1, the great landed proprietors, (male *and* female) and—in some of the provinces—the particularly heavy tax-payers; 2, the towns, market places and industrial centres; 3, the Chambers of Commerce and Industry; 4, the rural districts. Of the 353 representatives, Electoral Body № 1 chose 85; № 2, 116; № 3, 21; and № 4, 131. The four Bodies together comprised 1,891,000 voters; but Body № 1 possessed electing-powers out of all proportion to its numerical strength.

In June 1896 a curious "reform" was made; made in reverent conformity with Austrian political habit; a habit which forbids changes in existent political things—they must be left sacredly alone and untouched—but allows annexes to be built *on* to an existing structure. The annex added in 1896 left the four Bodies undisturbed in their powers and privileges, but added a fifth Body with 4,128,000 votes and 72 new Reichsrath members. The 72 new members raised the membership to what it is at present—425. The 353 are still returned by the 1,891,000 electors of the four former Bodies, the bulk of whom *also* help the 4,128,000 new voters to elect the 72 added members.

Body № 5 is a gilded and handsome phantom—the phantom of Universal Suffrage. It *is* universal suffrage as far as its miniature universe spreads: it can vote for 72 members out of 425, and this showy privilege is denied to no man above the age of 24 except the soldier, the sailor and the gendarme in service; bankrupts; convicted thieves, embezzlers, etc.; and a special class of receivers of charity—viz., receivers of state or provincial alms. Even that abused citizen, the Jew, has this manhood suffrage.

It has a fine and even gaudy look—what there is of it—this Boon. But since it takes 4,981,000 of it to elect 72 out of 425 members, and even then has to let the Big Four come in and water its effort, it is probably an exaggeration to spell it with a capital B. I think, myself, that it is really only a boon, not a Boon.

But perhaps the fairy-like nature of the boon will be best exhibited by statistics. Before the last extension of the suffrage the voters in the 4 old Bodies numbered 1,890,926. The 5th or new Unrestricted Suffrage Body make a total of 5,018,217. But of these, 36.5 per cent consist of persons who already exercised the franchise as members of one of the 4 old Bodies. A further 19 percent had already a vote for the municipal elections. This leaves therefore 2,233,938 new voters (44.5 per cent of the whole 5 million-odd) who were for the first time permitted to participate in public affairs. Now then, while the great landholder has 1 member of Parliament to every 64 voters, and the Chambers of Commerce 1 to every 28, the towns and market-places have 1 member of Parliament to 3,341, the rural districts 1 to 11,555, and the mere ordinary fresh new Unrestricted suffragist of the 5th Body 1 to every 69,697 voters. Thus the comparative value of the new vote is but one-sixth of that of the country district class, one-twentieth of that of the town voters, and *less than a thousandth* part of the value of that of a large landed proprietor; and—as remarked before—the latter *gets a share* of the poor little concession granted to the unpropertied nobody, and helps him elect his 72 new representatives.

However, it will be necessary to submit these disproportions to the enlightening test of an object-lesson before we can contemplate them understandingly. For instance: there are a thousand farthings in a guinea; let the guinea stand for the 64 votes by which the great landholder elects a member of parliament, and its equivalent in farthings for the 69,000-odd votes by which the Unrestricted elects a member. The 64 guineas will not quite shingle the top of a hat, whereas the 69,000-odd farthings would shingle the dome of St. Paul's and leave enough over to pay for the job. Another: let the 64 represent cats, and the 69,000-odd represent mice; this number of mice would sustain the cats six months and part of a day, at 6½ mice a day per cat, which is 165 per month, and plenty. And these same mice have been doing it for centuries, too. This shows that the calculation is correct. To continue: you will have noticed that 5,440 great landholders elect exactly one-fifth (85) of the Lower House (425); it takes the rest of Austria's population of 23,984,345 to elect the other four-fifths. It seems a wonderful instance of the tail wagging the dog.

If you ask the citizen why the suffrage is in this shape, and how the nation's voters came to be boxed off in the nation's hold in five non-communicating water-tight compartments, he will say something like this: "The obvious intention of the authors of the Constitution was to give the people as limited a share in their own affairs as possible, and to preserve the far-reaching prerogatives of the Crown as nearly as possible intact; the working of the Constitution has proved that they succeeded in their object."

You have now seen how the Parliament is constructed, and how curious and interesting and antique the plan is: the spirit that animates the membership is not less curious. For, while other legislatures work mainly with their heads, this one works mainly with its heart. One would expect that this would have novel consequences; indeed one might be sure of it. And if he doubted, he could come and see. The members of most other legislatures are grouped and tagged according to their political principles, and so are the members of this one; but these have also an extra tag, and a very important one—the tag of *nationality*. In the Irish party the British House of Commons has the same feature, and has found out how compact and determined and persistent and unpersuadable such a force can be. If the House had eight or ten such furnaces to deal with it would have a less serene but much more interesting time than it has now. Well, nine nationalities are represented in the Reichsrath; it makes nine Irish parties, so to speak, with all that that means, of difficulty, when there is need to solidify the representation upon a life-and-death national issue. There was a time when such a solidification was possible; a time "when all were for the State;" and perhaps could have been kept so by the employment of a sufficient number of *ifs:* if the Crown had fulfilled its oral promises, made in stress of weather; if written promises in the existing Constitution had been fulfilled; if the Crown had taken the whole nation into its trust and confidence instead of a minority of it, and granted a fair and rational distribution of the suffrage all around. I mention this last detail not as an impertinent notion of mine, but because something in this direction was proposed in the Reichsrath over five years ago (with the Emperor's assent), and because one of the statesmen who was most eager to kill it then, lived to believe he made a mistake.

The opportunity for a national solidification went by; the several minor nationalities remained apart, each fighting its cordial best for its own special rights and prides and privileges hand to hand against the rest. And so one has now the spectacle of a legislature divided up and tallied off into tribes, in addition to the usual groupings into political parties. The membership of a tribe do not pull together, except upon the tribe's little tribal question; on other matters

–religion, finance, commerce, etc.,–they are divided, subdivided, and re-re-subdivided into about as many groups and parties as there are members of the legislature. Sometimes a party numbers only four; and then, often, it cannot get a quorum together wherewith to interrupt the proceedings because three of the members belong to fifteen other parties and are around helping *them* to make a noise.

Add to the above embarrassments these: that any member may speak a week, if he confine himself to the question before the house; that the ayes and noes may be required upon pretty nearly any matter that can be imagined; that any member that wants to blow a tin horn or bang his desk with his cane, or in other ways drown and defeat the proceedings with noise, may do so; that there is no sergeant-at-arms, and no authority lodged anywhere to enforce order in the House.

With a House made up of hostile tribes; these subdivided into a multitude of conflicting and irreconcilable parties; a touch of religious difference here and there, with its raw side out; plenty of people ready and anxious to obstruct progress, and no one authorised to obstruct *them*,–what is your opinion? Will parliamentary government be resumed in Austria? An attempt at resumption has several times been made since the memorable time that the police invaded the House, but there was no success. The impression seems general that the present system is unworkable, that it has broken down for good and all, and that all attempts to put the machine in order will fail.

Is there no refuge? Is there no way out? Must Austria fall to pieces? Those who think so are surely overlooking Article Fourteen. Article 14 of the Constitution. It is the most valuable Article a Constitution ever had; it was framed by a master hand, it is interpreted by master minds, it is a Constitution all by itself. It provides for the creation of urgent new laws by the executive between sessions of the legislature, and for the continuance of the usual functions and industries of the government–and thus the executive itself becomes a legislature. It forbids *permanent* departures, in certain large matters, and intermeddlings in certain other matters; and every act of the interval must be ratified by Parliament within four weeks after the first day of its next sitting; so, № 14 has a most square and pious look. But then № 14 is all set down in the German tongue–the judicious German tongue. There is where its strength lies. It means anything you please, but it does not mean the same thing to any two people; no German statement does. It sounds as austere and definite as the

Seventh Commandment, but the government can commit political adultery with it every day, and while everybody may know it, nobody can prove it. It has kept this country going smoothly and comfortably for more than a year, now, and can keep it thus going till all the prophets are dead, no doubt. As long as Parliament remains in a trance the things done under № 14's authority do not have to undergo any inquiry or confront any objection; it may be that there will be no more Parliaments: then how could the government have things more pleasantly arranged than they are? Government by Article Fourteen will doubtless carry the country along satisfactorily. It cannot make a permanent *Ausgleich* with Hungary, but that is nothing: temporary ones will answer. Is any defect discoverable, for the moment, in Austria's equipment? She has the army, the taxes, the official organisation all complete; and for chart, charter, and fire-and-life policy she has Article 14, otherwise the political Seventh Commandment, and it is her intention to continue business at the old stand.

You asked me about the Parliamentary System only, and I have confined myself to that. There used to be one.

Vienna, February [1899]

Säulenhalle des Reichsratsgebäudes (Parlament)

Histor
Kon

ischer
text

Mark Twains Reportagen aus dem Reichsrat: Anmerkungen zu einer detektivischen Werksuche

Elisabeth Dietrich-Schulz

Bei meinem Eintritt in die Parlamentsbibliothek 1989 trug mir ein Journalist zu, dass über eine Sitzung des Abgeordnetenhauses des Reichsrats ein Text des berühmten amerikanischen Schriftstellers Mark Twain existiere. In der Parlamentsbibliothek war allerdings kein solcher vorhanden.

Wie findet man einen Text, von dem man nicht einmal den Titel kennt? Mein bibliothekarischer Jagdtrieb war geweckt. Parlamente sind Zentren der Demokratie, aber nicht unbedingt Gegenstand literarischer Ausführungen. Sollte ein solches Ausnahmedokument über eine Sitzung des Reichsrats aus der Feder des weltberühmten Mark Twain existieren, war es die Suche wohl wert. Digitalisierte Texte im Internet gab es in den 1990er-Jahren des 20. Jahrhunderts noch nicht, also mussten Werksammlungen von Mark Twain durchsucht werden. Gesucht, gefunden. In der Fachbereichsbibliothek Anglistik und Amerikanistik der Universität Wien war der Text „Stirring times in Austria" in der Anthologie „The Man that corrupted Hadleyburg and other stories and sketches" abgedruckt.[1] Damit war die Schatzsuche fürs Erste beendet. Die Parlamentsbibliothek verfügt seit damals über eine Kopie dieses Aufsatzes, der in *Harper's New Monthly Magazine* 1898 erstmals erschienen war.[2] Mark Twain schildert darin seine Eindrücke von der 20. Sitzung des Abgeordnetenhauses des Reichsrats am 28. Oktober 1897, in der Otto Lecher, deutschnationaler Abgeordneter des Wahlbezirks Brünn, durch eine zwölfstündige Dauerrede die Rücknahme der Badenischen Sprachverordnungen zu erzwingen versuchte.[3]

Den englischen Originaltext Mark Twains verschickte ich zusammen mit dem Stenographischen Protokoll der Sitzung anlässlich des Welttags des Buches am 23. April 2010 in einer E-Mail an alle im Parlament Tätigen. Diese E-Mail hat der Abgeordnete Karl Öllinger gelesen und bei der damaligen Präsidentin des Nationalrates Barbara Prammer nachgefragt, ob es eine deutsche Übersetzung gibt. Diese Frage wurde postwendend an die Parlamentsbibliothek weitergereicht. Sie war extrem schwierig zu beantworten, weil dieser

Bericht Twains im Original nie in einer selbstständigen Publikation erschienen ist und daher auch eine mögliche Übersetzung im Regelfall nicht in elektronischen Bibliothekskatalogen nachgewiesen wird. Außerdem hat Mark Twain eine unglaubliche Fülle an Storys und Essays verfasst, die ursprünglich in verschiedenen Zeitungen und Zeitschriften erschienen sind und oft erst sehr viel später in Form von Sammelwerken gedruckt wurden. Die Übersetzungen der englischsprachigen Werkausgaben ins Deutsche beinhalten außerdem oft eine andere Auswahl seiner Geschichten. Ich kontaktierte Kolleginnen und Kollegen aus vielen Bibliotheken in Österreich, Deutschland und den Vereinigten Staaten. Sie mussten die Werkausgaben oft selbst aus Depots anfordern und nach der Reportage aus dem Reichsrat durchforsten. Ihnen allen sei an dieser Stelle herzlich gedankt.

Ergebnis dieser Recherchen im Jahr 2010 war, dass zum damaligen Zeitpunkt noch keine deutsche Übersetzung von „Stirring Times in Austria“ in gedruckter Form vorlag, obwohl der Text bereits aus dem Jahr 1898 stammt. Und es stellte sich heraus, dass noch ein zweiter parlamentsrelevanter Text von Mark Twain aus dem Jahr 1899 existiert, der bis dahin in Österreich nicht bekannt war. Es handelt sich um einen journalistischen Beitrag mit dem Titel „The ‚Austrian Parliamentary System‘? Government by Article 14“, den Robert Hirst, der Herausgeber der Mark Twain Papers an der Bibliothek der Universität von Kalifornien, Berkeley, der Parlamentsbibliothek übermittelte.

Das Übersetzen literarischer Texte ist eine sensible Angelegenheit, eine Gratwanderung zwischen Worttreue und Sinntransfer. Bekannte Mark Twain-Übersetzerinnen wie Margarete Jacobi oder Lore Krüger waren bereits verstorben. Die Parlamentsbibliothek beauftragte daher auf Vorschlag der Übersetzergemeinschaft in Österreich und über Empfehlung des Autors Wolf Harranth das Übersetzerteam Jacqueline Csuss und Werner Richter. Dank deren Kompetenz liegt nun ein äußerst gelungenes Ergebnis vor. Seitens der Parlamentsdirektion übernahmen der Verfassungsjurist und Universitätsprofessor Theo Öhlinger, Frau Gerda Helscher und die Verfasserin dieses Beitrags die Lektorenrolle.

1 Mark Twain, The man that corrupted Hadleyburg and other stories and sketches, London 1925, 296–336.

2 Mark Twain, Stirring times in Austria, in: Harper's New Monthly Magazine, New York March 1898 (Volume 96), 530–540.

3 Siehe Beitrag Andreas Pittler, Die Entwicklung des österreichischen Parlamentarismus 1848–1918, in diesem Band, 132.

Mein Ziel war und ist, die Parlamentsbibliothek nicht nur als wichtige Informationseinrichtung für Demokratie und Parlamentarismus zu positionieren, sondern auch als Bindeglied zur Kunst, insbesondere zur Literatur, zu präsentieren. Eine der vielen Besonderheiten der Parlamentsbibliothek ist, dass sie in Form der Parlamentarischen Materialien ursprünglich gesprochenes Wort der politischen MandatarInnen verschriftlicht aufbewahrt. Dank der Arbeit der ParlamentsstenographInnen werden diese Texte für die Gegenwart und Zukunft konserviert. Das Stenographische Protokoll der legendären Sitzung vom 28. Oktober 1897 umfasst 107 Seiten. Faszinierend ist, wie es Mark Twain gelingt, das Geschehen auf wenige Seiten zu verdichten. Die Dynamik dieser Sitzung erschließt sich durch seine Schilderung in vielen Facetten, die ein stenographisches Protokoll nicht einfangen kann. Nochmals gesteigert wird die Wirkung dieses Textes durch die Stimme des Theatermagiers Hermann Beil, ein Hörerlebnis, das eindrücklich an die politische Realität der 1897 bereits sehr brüchigen Donaumonarchie heranführt. Nichts geht mehr im Reichsrat. Obstruktion ist die Waffe der Stunde. Antisemitische Zwischentöne begleiten das Untergangsszenario.

Die Metropole Wien freilich war im ausgehenden 19. Jahrhundert ein kultureller Brennpunkt. Zu jener Zeit, die Carl Schorske in seinem Werk „Fin-de-siècle Vienna"[4] so treffend beschrieb, war Wien mit mehr als zwei Millionen EinwohnerInnen die viertgrößte Stadt der Welt, nach London, New York und Paris und knapp vor Berlin und Tokio. Die Stadt war Wirkungsstätte vieler bedeutender KünstlerInnen und damit Anziehungspunkt für weitere Kunstschaffende.

Einer der Gründe dafür war sicher das enorme Baugeschehen. Bis 1857 war Wien eine mittelalterliche Stadt, die Innenstadt, also der heutige Erste Bezirk, umgeben von Stadtmauer, Stadtgraben und Glacis. Nachdem die Revolutionen des Jahres 1848 mit militärischer Gewalt niedergeschlagen worden waren, ließ Kaiser Franz Joseph I. ab 1857 die zerschossene Stadtmauer entfernen, mit dem Abbruchmaterial den Stadtgraben auffüllen und auf der so gewonnenen Fläche Monumentalbauten wie die Hofoper, das Hofburgtheater, Museen, aber auch das Reichsratsgebäude und das Rathaus errichten. Für den Bau brauchte es nicht nur Architekten und bildende Künstler, sondern auch eine Heerschar von ArbeiterInnen, die zwar aus vieler Herren Länder kamen, aber meist als „Ziegelböhm" bezeichnet wurden. Wien war gekennzeichnet von großen sozialen Gegensätzen. Auf der einen Seite die Masse der rechtlosen ArbeiterInnen, viele von ihnen BettgeherInnen und Opfer der Tuberkulose, die damals auch als „Wiener Krankheit" bezeichnet wurde, auf der anderen Seite arrivierte Architekten wie Gottfried Semper, Theophil Hansen, Heinrich Ferstel, Karl Hasenauer oder Otto Wagner und Wegbereiter der Moderne wie Adolf Loos oder Josef Plečnik. Der Malerfürst Hans Makart war bereits verstorben, aber die junge Generation um Gustav Klimt war ausgezogen, um den neuen Stil der Secession, die Wiener Variante des Jugendstils, zu entwickeln und zu leben. Im Bereich der Musik war Gustav Mahler die prägendste Persönlichkeit. 1897 wurde er zum ersten Kapellmeister und Hofoperndirektor in Wien ernannt, eine Position, die er bis 1907 innehatte und die er intensiv nutzte, um gemeinsam mit Heinrich Lefler und Alfred Roller als Bühnenbildner seine Opernreform umzusetzen.

In dieses Wien kam Mark Twain als anerkannter Autor von „Tom Sawyer" und „Huckleberry Finn" und vieler anderer Geschichten im Alter von 62 Jahren erstmals am 28. September 1897. Er lebte mit seiner Frau und den Töchtern Clara und Jean fast zwei Jahre hier, bis zu seiner Abreise am 26. Mai 1899. In der Parlamentsbibliothek arbeiteten damals der Literat und Übersetzer Siegfried Lipiner und Karl Renner, der spätere Staatspräsident und erste Bundespräsident der Zweiten Republik. Erst mehr als 100 Jahre später fanden die Reportagen des amerikanischen Autors wieder Interesse, sie wurden in den umfangreichen Bestand der Parlamentsbibliothek aufgenommen, ins Deutsche übersetzt und erfahren mit dieser Publikation die gebührende Würdigung. Als im Oktober 2016 eine Gruppe texanischer JuristInnen das österreichische Parlament und seine Bibliothek besuchte, berichtete ich von Mark Twain und seiner besonderen Beziehung zum Hohen Haus. Zur allgemeinen großen Überraschung und Freude gab sich einer der Teilnehmer, David W. Barlow, als Großgroßneffe von Mark Twain zu erkennen und ermutigte mich, „meine Mark Twain-Geschichte" weiterzuerzählen.

4 Carl E. Schorske, Fin-de-siècle Vienna: Politics and Culture, New York 1979.

Mark Twains Wiener Lehrstück

Hermann Beil

Erst belustigt, dann verwundert, schließlich erschrocken, ja gelegentlich sogar fassungslos vernahmen wir – so dürfen wir uns durchaus eingestehen – im Herbst 2016 die Berichte aus den USA zunächst über die Primaries und später über den Wahlkampf um das Amt des Präsidenten der Vereinigten Staaten von Amerika. Aus der Ferne blickten wir über den Atlantik und erlebten doch sehr direkt ein Spektakel, bei dem jedes demokratische Fairplay aufgehoben und ins Gegenteil verkehrt schien. Die Vehemenz der politischen Auseinandersetzung, bei der einer der Kontrahenten jede Spielregel vorsätzlich und schamlos missachtete und seine Willkür obendrein als neuen Maßstab verkündete, konnte wahrlich kein gutes Omen sein für die Zukunft und für eine Politik, die Vertrauen verdient. Wie es seit der Inauguration des amerikanischen Präsidenten am 20. Januar 2017 weiterging, wissen wir.

Wie belustigt, erstaunt, erschrocken oder auch abgeschreckt mag wohl der Amerikaner Mark Twain gewesen sein, als er am 28./29. Oktober 1897 von der Pressetribüne des Reichsratssitzungssaals heftigste politische Auseinandersetzungen und wüste Streitereien beobachten konnte? Müssen wir, rückblickend, jene im wahrsten Sinn des Wortes denkwürdige Debatte als Menetekel bezeichnen? Mark Twains geradezu spannender Bericht legt dies, auch durch seine historische Einordnung, sehr nahe. Heute empfinden wir den Reichsratssitzungssaal als einen ehrwürdigen Versammlungsort voll historischer Aura. Mark Twain erlebte ihn als einen Ort politischer Schlammschlachten und sinnloser selbstzerstörerischer Aktionen. Mark Twains Parlamentsreportagen sind ein sehr plastisch-drastischer Report, sie vermitteln einen unmittelbaren Eindruck von der Primitivität und Brutalität einer Auseinandersetzung, in der ideologische und nationalistische Fanatismen einander gegenseitig zu überbieten und zu erledigen versuchen. Aber auch für die ungewollte Komik dieses politischen Irrsinns findet Twains Lakonik die passenden Worte.

Aus heutiger Distanz betrachtet, ist jener dreißigstündige Parlamentstag eine Parabel von der bedenkenlosen und doch planmäßigen Zerstörung politischen Zusammenlebens. Es gibt keinen Versuch, keine Bemühung, aus Verantwortungsbewusstsein Gemeinsamkeit zu suchen und zu finden, es gibt nur Feindseligkeit und Hass, Missachtung und Pöbelei, Trickserei und Manipulation, Geschrei und Prügelei. Eine lange, unheilvolle Entwicklung führt zur Explosion. Ein tiefschwarzer Tag des Parlaments, nein, wahrlich keine Sternstunde, vielmehr ein durchgeknalltes Ereignis mit zerstörerischen und schließlich – viele Jahre später – tödlichen Folgen für die Donaumonarchie.

Mark Twain erzählt uns das Geschehen wie ein böses, finsteres Märchen, das traurige Märchen vom Anfang des Endes. Aber jenes „Es war einmal ..." gilt hier für uns leider nicht, denn die Probe aufs Exempel wäre leicht zu machen: Es könnte nämlich ein erhellendes Lehrstück sein, unseren heutigen Volksvertretern Mark Twains Reichsratssitzungs-Saga anno 1897, trefflich besetzt, am Originalschauplatz vorzuspielen, um vielleicht auch so zur Einsicht zu verhelfen, dass politische Zerstörung nicht Schicksal, sondern Menschenwerk ist. Mark Twains beiläufig vergleichende Hinweise auf den damaligen angelsächsischen Parlamentarismus geben seinem Wiener Bericht eine zusätzliche historische Dimension und bringen die Erkenntnis: Machterhalt um jeden Preis, Machtgewinn um jeden Preis wird bitter bezahlt. Gestern wie heute. Mark Twains Reportage habe ich für das Hörbuch behutsam gekürzt, um die tatsächliche Dramatik dieser Stunden im Reichsratssitzungssaal deutlich zu machen.

Das Leben ausloten.
Mark Twain und seine Zeit

Andreas Pittler

„Ich wurde am 30. November 1835 in dem verschwindend kleinen Dorf Florida, Monroe County, Missouri, geboren. Meine Eltern waren in den frühen 30er-Jahren nach Missouri gezogen. Ich erinnere mich nicht genau, wann das war, denn da ich damals noch nicht auf der Welt war, interessierten mich derlei Dinge nicht. Die Reise dauerte in jenen Tagen lange und muss beschwerlich und ermüdend gewesen sein. Das Dorf zählte hundert Einwohner, und ich habe die Bevölkerungszahl um ein Prozent erhöht. Es ist vielleicht nicht gerade bescheiden von mir, darauf hinzuweisen, aber es stimmt. Es gibt kein Zeugnis dafür, dass ein anderer das fertiggebracht hat – nicht einmal Shakespeare."[1]

Humor und soziales Denken

Mit diesen Worten offenbarte Samuel Langhorne Clemens, der sich als Schriftsteller „Mark Twain" nannte, zwei seiner grundlegenden Charakterzüge: seinen Humor und sein soziales Denken. Und wenn man Twain heutzutage vor allem als Kinderbuchautor sieht, dessen Ruhm sich auf den von ihm geschaffenen Wildfängen Tom Sawyer und Huckleberry Finn gründet, so war Twain weitaus mehr als das. Ein politischer, sozial engagierter Essayist, ein Visionär und ein genauer Beobachter seiner Zeit, der entschieden Stellung bezog, egal, ob sein Standpunkt nun populär war oder nicht. Lieber allein stehen und moralisch integer bleiben, als mit der Masse gehen und dafür zum Opportunisten werden, lautete sein Credo. Und wenn viele seiner Werke heute vergessen scheinen, so nimmt Twain in der Literatur seiner Heimat doch einen zentralen Platz ein. Literaturnobelpreisträger Ernest Hemingway ging sogar so weit, zu behaupten, die gesamte moderne amerikanische Literatur stamme von Twain ab: „Vorher gab's nichts, danach hat es nichts gleich Gutes gegeben."[2] Rudyard Kipling nannte Twain gar „göttlich" und stellte ihn in eine Reihe mit Miguel de Cervantes, und George Bernard Shaw meinte gar, die amerikanische Literatur habe nur zwei Aktiva: Edgar Allen Poe und eben Twain. Shaw wies aber auch frühzeitig auf ein grundlegendes Problem Twains hin. Gemäß Twains eigenem Anspruch, die Wahrheit zu schreiben, musste er „die Dinge so darstellen, dass die Leute, die ihn andernfalls hängen würden, glauben, er mache Spaß". Twain war also ein hochmoralischer Autor und gerade an Moral herrschte in den USA ein erschreckender Mangel, wie auch Maxim Gorki bitter beklagte.[3] In dieser Hinsicht avancierte Twain zu einem wortmächtigen Mahner seiner Zeit, der konsequent den Finger in die Wunden eines Systems der sozialen Kälte legte. Und genau darin liegt heute noch die ungebrochene Aktualität seines Werks.

Ungebunden und unabhängig

Twain war nicht lange in dem Dorf Florida geblieben. Sein Vater, stets auf der Suche nach dem – ökonomischen – Glück, wanderte alsbald weiter und ließ sich in dem kleinen Städtchen Hannibal an den Ufern des Mississippi nieder. Dort konnte der heranwachsende Samuel den Flussschiffern bei der Arbeit zusehen, wobei ihn vor allem die Lotsen faszinierten, deren Aufgabe es war, die ihnen anvertrauten Schiffe vor Untiefen und sonstigen Gefahren zu bewahren. Dazu benutzten sie ein an einem Faden befestigtes Senkblei, mit dem sie konstant die Wassertiefe ausloteten, wobei ein Faden auf knapp zwei Meter genormt war. Ab etwa vier Metern, so wussten die Lotsen aus Erfahrung, waren die Schiffe sicher und so geriet der Ruf „Zwei Faden" zur allseits mit Freude und Erleichterung aufgenommenen Botschaft.[4] Im altertümlichen Englisch jener Tage hieß dies „Mark Twain", und dem jungen Mister Clemens schien es mehr als verlockend, mit dieser positiven Aussage assoziiert zu werden. Somit zeichnete er seine Werke mit genau diesem Namen.

Kein Wunder aber auch, dass Twain zunächst selbst Lotse werden wollte: „Ein Lotse war damals der einzige ungebundene und vollkommen unabhängige Mensch auf Erden. Der Kapitän konnte im Glanz einer äußerst kurz bemessenen Autorität auf dem Oberdeck stehen und, während das Schiff rückwärts abstieß, fünf oder sechs Kommandos erteilen, aber damit hatte es sich auch schon. Sobald

1 Mark Twain, Autobiographie, München 1967, 9.
2 Ernest Hemingway, Die grünen Hügel Afrikas, Reinbek bei Hamburg 1954, 50.
3 Zitiert nach: Thomas Ayck, Mark Twain, Reinbek bei Hamburg 1974, 143.
4 Josef Rattner, Gerhard Danzer, Meister des großen Humors, Würzburg 2008, 224.

Mark Twain, 1899

das Schiff in Fahrt war, unterstand es einzig und allein dem Lotsen. Er konnte damit tun und lassen, was er wollte, konnte fahren, wann und wohin es ihm passte, und anlegen, sooft er es für ratsam hielt. Seine Bewegungsfreiheit war völlig ungehemmt, und er empfing von niemandem Befehle. Ja, ein Bundesgesetz, das ganz richtig davon ausging, der Lotse müsse mit dem Schiff selbstverständlich besser umzugehen wissen als jeder andere, verbot ihm sogar, auf Befehle oder Ratschläge zu hören."[5]

Vier Jahre lang stand Twain als Lotse auf der Brücke und genoss eine schier grenzenlose Freiheit. Er befuhr die Strecke zwischen St. Louis und New Orleans, eine Route, die üblicherweise knapp mehr als drei Wochen dauerte. Die Woche, die zum Laden und Löschen der Fracht nötig war, hatte er frei. Auf den Mississippi-Dampfern, so berichtete Twain später, habe er alle Arten von Menschen getroffen, hier habe sich das ganze Leben der Menschheit in einem Mikrokosmos zusammengeballt, und von den an Bord gemachten Erfahrungen sollte Twain als Schriftsteller mannigfach profitieren.

Noch freilich war es nicht so weit, wirklich zur Feder zu greifen. Fast schien es, als hätte Twain den persischen Mystiker Saadi studiert, der einst erklärt hatte, man müsse, wolle man ein guter Schriftsteller sein, zuerst die eine Hälfte des Lebens mit Reisen zubringen, um dann in der zweiten Hälfte des Lebens von diesen Eindrücken Kunde geben zu können.

Doch eine Annäherung an das gedruckte Wort fand bereits statt. Noch ehe Twain den Lotsenberuf ergriffen hatte, war er bei einem Drucker zur Lehre gegangen und später schrieb er die eine oder andere Glosse für das *Hannibal Journal*, das seinem Bruder gehörte. 1861 aber, Twain war gerade 25 Jahre alt, brach der amerikanische Bürgerkrieg aus und als echter Südstaatler meldete sich Lotse Twain zur Armee der Konföderierten. Gleichwohl blieb Twain nur wenige Tage „Graurock", doch diese kurze Zeitspanne genügte, um Twain alle Illusionen hinsichtlich eines Kriegs zu nehmen. Zeitlebens sollte Twain ein strikter Mahner vor jeder bewaffneten Auseinandersetzung bleiben, denn ein Krieg, so wusste er nun aus eigener Anschauung, hatte nichts Glorreiches und Ehrenhaftes an sich, sondern nur „Schmutz, Not, Elend und sinnlosen Tod".[6] Twain desertierte also und zog quer durch die Prairie nach Westen, dabei zumindest indirekt dem „Lockruf des Goldes" folgend. In Nevada

5 Mark Twain, Leben auf dem Mississippi, München 1965, 633.
6 Zitiert nach: Ayck, Mark Twain (wie Anm. 3), 22.

hatte man vermeintlich reiche Lager an Edelmetall gefunden, was einen ähnlichen „Goldrausch“ auslöste wie zwölf Jahre zuvor in Kalifornien.

Weniger Journalist als Autor

Twain erging es allerdings wie den meisten Goldsuchern. Er verlor sein gesamtes Geld und beinahe auch den Verstand bei seinem verzweifelten Bemühen, zu Reichtum zu kommen. Bar jeglicher Finanzmittel, besann er sich seiner Erfahrungen in der schreibenden Zunft und heuerte beim *Territorial Enterprise* in Virginia City als Redakteur an: „Hemdsärmel, Schlapphut, blaues wollenes Hemd, in die Stiefel gestopfte Hosen, Bart bis auf die halbe Brust, und am Gürtel den üblichen Marinerevolver.“ Letzteren trug er freilich nur „aus Rücksicht auf die öffentliche Meinung“ und „um mich durch sein Fehlen nicht anstößig zu machen“.[7]

Als Lokalreporter hatte Twain einen nachgerade epochalen Start. Er berichtete von einem Mann namens Hopkins, der seine Frau mit einer Axt getötet, seine sechs Kinder mit einem Knüppel erschlagen und sich dann selbst die Kehle durchgeschnitten hatte, nachdem er durch einen Anlageberater, der ihm geraten hatte, wertlose Aktien zu kaufen, um sein ganzes Vermögen gebracht worden war. Die Geschichte wurde, da sie so plausibel klang, sofort für bare Münze genommen und in zahlreichen landesweiten Gazetten übernommen. Sogar in Europa wurde sie nachgedruckt. Und doch hatte sie einen entscheidenden Schönheitsfehler: Twain hatte sie erfunden. Es sollte nicht seine einzige Münchhausen-Geschichte bleiben, sodass er selbst alsbald einsah, dass er weit weniger Journalist als eben vielmehr Autor war. Nachdem er 1867 sein erstes Buch („Der berühmte Springfrosch von Calaveras“) veröffentlicht hatte, begab sich Twain auf Reisen. Ausfluss einer ausgedehnten Tour, die ihn bis nach Europa und in den Nahen Osten führte, war 1869 der Band „Innocents Abroad“[8], in dem er sich über europäische Arroganz ebenso lustig machte wie über amerikanische Ignoranz. Das Buch brachte ihm derart viel Erfolg ein, dass er nun daran denken konnte, endlich sesshaft zu werden. Er heiratete und erwarb wenig später ein schmuckes Anwesen in Hartford im Bundesstaat Connecticut.

Twains rascher und durchschlagender Erfolg als Schriftsteller hatte mehrere Gründe. Einer davon war der Umstand, dass die amerikanische Gesellschaft allmählich erwachsen wurde. Die

Pionier- und Grenzerzeit lag hinter ihr, nun wollte sie es den Europäern gleichtun und dazu brauchte sie auch entsprechende Literaten. Da kamen die Schriften eines Bret Harte, eines Ambrose Bierce oder eben jene Twains gerade recht. Zumal sich Twain als sehr flexibel erwies, was die Auswahl seiner Stoffe anbelangte. Er schreckte durchaus vor Zotigem nicht zurück – etwa in seinen „Kamingesprächen" (1880), in denen er William Shakespeare und Francis Bacon mit freizügiger Sprache über diverse Aspekte der körperlichen Liebe philosophieren ließ –, griff aber auch auf die idyllischen Schilderungen eines amerikanischen Arkadien zurück, wenn es darum ging, auch die eher zart besaitete Klientel der Ostküste für sich zu gewinnen.

Seinen eigentlichen Triumphzug trat Twain allerdings mit Abenteuergeschichten an, die ab 1876 in kurzer Abfolge von ihm publiziert und damals durchaus noch von allen Leserschichten eifrig konsumiert wurden. „Tom Sawyer" (1876), „Der Prinz und der Bettelknabe" (1881), „Leben auf dem Mississippi" (1883), „Huckleberry Finn" (1884) und „Ein Yankee am Hofe des König Artus" (1889) begründeten endgültig Twains Weltruhm, wenngleich diese Werke heute vielfach durch Kürzungen und sprachliche „Entschärfung" in die Kinder- und Jugendbuchabteilungen abgedrängt wurden.

Twain aber genügte es nicht, als Schriftsteller zu reüssieren, er wollte sich auch als Geschäftsmann beweisen. Er erwarb einen Verlag und investierte, durchaus mit einem Hang zum Risiko, in diverse Erfindungen und Patente. Eines davon, eine Setzmaschine, erwies sich jedoch als ebenso kolossaler wie kostenintensiver Fehlschlag. Dieser riss Twains Verlag in den Abgrund.

Zwischenstopp Wien

1894 stand Twain mit Schulden in Höhe von 190.000 Dollar da, sodass er sich gezwungen sah, im Alter von beinahe 60 Jahren zu einer Weltreise aufzubrechen, wobei er mit den Erlösen dabei veranstalteter Lesungen, Autogrammstunden und durch erst zu verfassende Artikel seine Schulden abzubezahlen gedachte.

Genau diese Reise war es, die Twain schließlich auch nach Wien führte. Er traf, von einem schweren Gichtanfall geschlagen,

7 Mark Twain, Durch dick und dünn, München 1965, 250.

8 Frei übersetzt: „Die Ahnungslosen im Ausland".

am 28. September 1897 in der Reichshaupt- und Residenzstadt ein und nahm im damals hoch angesehenen Hotel „Metropol“, das rund 40 Jahre später als Zentrale der Wiener Gestapo traurige Berühmtheit erlangen sollte, Quartier. Twains Ankunft in Wien sorgte umgehend für beachtliches Rauschen im Wiener Blätterwald. Jede Zeitung, die etwas auf sich hielt, berichtete ausführlich von den Aktivitäten des gefeierten Literaten, was Karl Kraus zu dem spöttischen Aperçu verleitete: „Anwesend war auch Mark Twain. Wo? Hier und dort!“

Im Frühjahr 1898 übersiedelte Twain auf einen Sommersitz nach Kaltenleutgeben, wo er an zahlreichen Texten arbeitete, gleichwohl aber auch zahlreiche Besuche empfing. Im September desselben Jahres ließ er es sich aber nicht nehmen, nach Wien zurückzukehren, um persönlich am Begräbnis der ermordeten Kaiserin teilzunehmen. Twain mietete sich im Hotel „Krantz“ (heute Hotel Ambassador) ein und verfolgte den Trauerkondukt vom Balkon seiner Suite aus, dabei eifrig Notizen zu Papier bringend, die später unter dem Titel „Eine denkwürdige Ermordung“ erschienen. In der Folge war Twain regelmäßiger Gast in den Wiener Theatern. Am 25. Mai 1899 wurde ihm schließlich noch die Ehre zuteil, vom Kaiser persönlich in Privataudienz empfangen zu werden. Dementsprechend höflich äußerte sich Twain in seinem abschließenden Interview mit dem Neuen Wiener Tagblatt, ehe er Wien am 27. Mai mit dem Zug verließ, wobei Tausende Menschen zum Franz Josephs-Bahnhof gepilgert waren, um den illustren Gast zu verabschieden.

Stellungnahme für die Unterprivilegierten

Die teilweise erniedrigenden Erfahrungen im Gefolge seines Bankrotts ließen Twain noch mehr als zuvor zum Anwalt der politisch Ohnmächtigen werden. Er lieh der Arbeiterschaft seine Stimme, kritisierte in harschen Worten die unsozialen Auswüchse des Kapitalismus und lud den als Kommunisten bekannten Maxim Gorki demonstrativ in die Staaten ein, um mit diesem ein Zeichen gegen Imperialismus und Krieg zu setzen. Wenn Twains Engagement letztlich rein emotionaler Natur blieb, so hatte seine Stellungnahme für die Unterprivilegierten doch Gewicht und wurde entsprechend

Rechts:
Autograph von Mark Twain, abgedruckt in der Zeitschrift „Wiener Bilder“ vom 17. Oktober 1897

Kunz & Co. mit dreißig Gulden Monatsgehalt angestellt. —

Sie ging immer weiter durch die Straßen, an Glanz und Pracht vorüber; sie stand vor einer Handlung mit Hüten still. Da gab es dunkle und lichte, mit Blumen und Bändern, wie man sie nur wählen wollte. Die Habsucht wurde mächtig in Nora. „Ich bin jung," sagte sie sich, „was habe ich davon? Ich bin nicht hübsch, aber wenn ich mich vortheilhaft kleiden könnte, würde ich ganz anders aussehen; jetzt kann ich noch mein Leben gestalten, wer hilft mir, wenn ich es versäumt habe?

„Ich kaufe mir einen Hut — diesen mit dem schottischen Band; er kostet nur drei Gulden und wird mir gut stehen; ein junges Mädchen darf sich nicht vernachlässigen — so haben sie ja gesagt."

Also sann Nora; da rasselte an ihrer Seite die Eisenwand nieder; man sperrte das Geschäft, sie nahm sich vor, morgen den Hut zu kaufen.

Ermattet ging sie weiter; so Tag für Tag von Früh bis Abends über die Zahlen gebeugt, das macht müde. Sie mußte durch den Stadtpark, von da hatte sie noch eine halbe Stunde heim. Sie kam zum Teiche; es war so still hier, nur verworren drang Rauschen von der Ringstraße herüber. Das junge Mädchen rastete auf einer Bank; im dunklen Wasser flimmerte das Licht der Gasflammen, durch die Wipfel strich der Wind. Wie gut die Stille und das Grün that nach dem heißen, staubigen Tag! Es war doch ein Bruchtheil Natur. Sie fühlte es ruhiger werden in sich, sanfter. Hinter ihr stand ein mächtiger Baum; sie konnte gerade mit dem Kopfe daran lehnen; wie gut das war — wie man hier einschlafen könnte, um Alles, Alles zu vergessen — wirklich, man könnte einschlafen. — — —

Nora stand wie im Taumel auf. Mutter brauchte das Geld, das sie heute heimbrachte; sie wartete gewiß schon darauf; sie hatte gar nicht bedacht, daß der Letzte sei. Sie eilte durch die stilleren Straßen. Endlich stand sie vor ihrer Wohnung. Nora öffnete die Thür, und mit einem „Guten Abend" trat sie in die einfache Stube. Dasselbe Bild Tag für Tag. Die Mutter beugte ihr vergrämtes Gesicht über die Näherei, die kleineren Geschwister schliefen schon, im Cabinet saß der Bruder über die Bücher gebeugt, er saß bis in die Nacht hinein — aber er konnte dem Leben sein Theil abringen, streben — doch so ein armes Mädchen, das kann nicht einmal streben.

Wo der Vater sei? Im Gasthause beim Bier; auch das Alltägliche.

Sie legte der Mutter das Geld hin.

„Nur siebenundzwanzig," sagte Nora, und tiefe Röthe stieg ihr in die Wangen, sie fühlte sie brennen, „ich muß mir einen Hut kaufen — es geht nicht mehr mit dem alten," sie schob ihn vom Kopfe und legte ihn vor's Licht. In Mutters Gesicht trat ein erschreckter Ausdruck.

„Ach, Kind," sagte sie mit ihrer leisen, müden Stimme, „hab' noch Geduld, diesmal nur; es ist zu wenig, an allen Seiten fehlt es."

Da wallte es auf in ihr in maßloser Erbitterung; all das, was sie jahrelang in sich verschlossen hatte, die Enttäuschungen ihrer Jugend, all das Harte, Schmutzige, durch das sie gehen mußte, es strömte von ihren Lippen, eine Fluth, die sich nicht mehr dämmen ließ. Sie sah nicht auf, aber sie fühlte es, daß Mutter zusammenzuckte. Sie entsann sich einer Aussage des Arztes, daß Mutter herzleidend sei — man dürfe sie nicht erregen, aber eine grausame Wollust, eine unbezwingliche Macht trieb sie fortzureden über ihre sonnenlosen Tage, über ihr elendes Leben, das ihr eine Qual sei!

Sie schob die drei Gulden über den Tisch, dann ging sie hinaus, denn sie fühlte Thränen in die Augen steigen; sie starrte durch das Küchenfenster in den kleinen Hof, der spärlich erleuchtet war — ein dumpfer Schmerz lag ihr im Kopf, im Gehirn.

Plötzlich machte sie ein Schrei erschauern — sie riß die Thür auf, und da — da lag Mutter am Boden, die Hand auf's Herz gekrampft; über sie beugte sich der Bruder; wirr hing ihm das Haar über das bleiche Gesicht — sie stürzte hin auf die Kniee — sie blickte Mutter in die verglasten Augen — sie rüttelte an ihr, und lautes Schluchzen erschütterte das Mädchen.

„Du hast sie getödtet!" sagte der Bruder hart.

„Du hast sie getödtet!" schrie es nach in ihr, bis sie erschöpft zusammenbrach. — — —

Mark Twain.

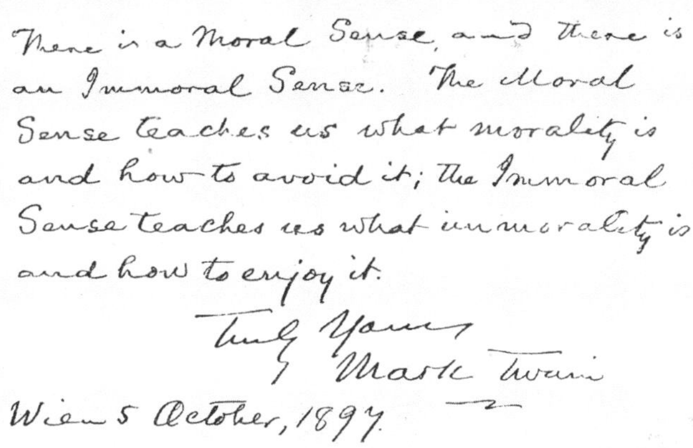

Dämmerung kriecht durch die Fenster — ein Licht steht neben Mutter, eine brennende Kerze, sie ist geweiht; wie ihr Antlitz gelb ist, noch mit dem schmerzlich müden Zug. Alle schlafen, die Kinder, der Vater beim Tische, den Kopf am Arm, der Bruder drinnen. Nur sie flieht selbst die kurze Ruhe.

Sie weint nicht mehr, Thränen versiegen auch. Dumpf stöhnt sie . . .

Wie das Alles so seltsam gekommen ist, es wird ihr ganz wirr; sie versucht die Ereignisse zurückzudenken; sie entsinnt sich ihrer Colleginnen, jener Worte — der Hut —

Sie steht auf von Mutters Bett; sie wankt gebeugt zum Schreibtisch, der zwischen den Fenstern steht; es wird schon heller; man sieht genug zum Schreiben; ihre Hand ist so schlaff, daß sie kaum die Feder halten kann, aber sie bezwingt sich und schreibt:

„Die Thür war offen, ich habe Alles gehört. O diese lieblosen Worte, ohne Verstand über das Leid des Nächsten gesprochen, o diese Worte! Sie sind verflucht, sie riefen das Böse in mir wach. Ich habe Mutter Vorwürfe gemacht über mein verhöhntes Leben. Sie war krank, ich habe sie getödtet. Nein, nicht ich allein, Sie mit. Nehmen Sie nur Ihren Theil hin an der Schuld, seien Sie mit verdammt!

Da kommt es durch die Dämmerung, ein graues Gespenst mit langen Armen; sie krallen sich an mir fest und nehmen mir den Athem; es ist die Reue, die Reue ist's — sie wird auch zu Ihnen kommen. Nehmen Sie nur Ihr Theil hin —"

Die Luft streicht kühl durch die Fenster, es thut gut um die heißen, klopfenden Schläfen. Nora will den Briefumschlag an ihre Colleginnen adressiren, aber die Straße, in der sie wohnen, fällt ihr nicht ein, umsonst, es ist wie ausgelöscht; sie fährt mit der Hand nach der Stirn und fühlt den Hut. Wie kommt es, daß sie den Hut am Kopf hat? Sie reißt die Augen auf; dunkle Bäume sieht sie um sich, den Teich, in dem das Licht nun eine Feuersäule spiegelt — schweigende Nacht.

Sie springt von der Bank auf, sie zittert am ganzen Körper. „Geträumt!" ringt es sich los aus der gequälten Brust. Die Augen sind heiß von den Thränen, die sie schlafend geweint, die Glieder schwer. Aber wie einen Jubelruf möchte sie es in die Nacht hinausschreien: „Geträumt!"

*

Das Hausthor ist schon gesperrt; Nora muß läuten, es dünkt ihr endlos lange, bis geöffnet wird. Mutter! Sie muß die Mutter sehen, um ruhig zu werden. Wie ihr das Herz wild schlägt!

Was liegt an all dem kleinlichen Zeug, was ist das gegen Schmerz, furchtbares Leid, das uns treffen kann!

Sie tappt sich die Treppen hinauf, das Licht war längst ausgelöscht, endlich ist sie oben. Die Füße haben ihr fast versagt; sie stößt die Thür hastig auf — da steht Mutter am Küchenfenster und blickt bange in die Nacht, sie späht nach ihr, die noch nicht heimgekehrt.

Und nun fühlt sich Nora reich, trotz dem alten Hut und ihrem freudlosen Leben, reich, weil ihr die Mutter noch lebt!

Sie läßt sich von ihr umarmen, und sie weint an ihrer Brust, ihr geängstigtes Herz wird ruhig, und tiefer Friede zieht ein in ihre Seele.

Luise Koch.

Mark Twain in Wien.

(Mit Porträt und Facsimile.)

Amerikas größter Humorist und zugleich einer der populärsten Autoren der Gegenwart, Mark Twain, weilt zur Zeit in Wien, wo er in Familienangelegenheiten und zu Studienzwecken ein Jahr zu verbleiben gedenkt. Wir haben im Vorjahre eine ausführliche Biographie des großen Humoristen gebracht, so daß Mark Twain unseren Lesern kein Unbekannter ist, wer hätte auch nicht sein köstliches „Skizzenbuch", seine „Tom Sawyer's Abenteuer" und Anderes gelesen, mit ihrem echten, manchmal grotesken Humor, dem auch der ärgste Misanthrop nicht zu widerstehen vermag.

Mark Twain, der mit seinem bürgerlichen Namen S. L. Clemens heißt, hat den „Wiener Bildern" sein neuestes Porträt und einen „smarten" Aphorismus gewidmet, die wir nebenstehend unseren Lesern präsentiren. Das Autogramm lautet in deutscher Uebersetzung:

„Es gibt einen moralischen Sinn, und es gibt einen unmoralischen Sinn; der moralische Sinn lehrt uns, was Moral ist und was zu vermeiden ist, der unmoralische Sinn lehrt uns, was Unmoral ist und was uns Vergnügen macht.

Ihr treuer

Mark Twain."

Wien, 5. October 1897.

Mark Twain fischt mit dem Federkiel aus einem Bottich Wiener Motive für Novellen, Karikatur von Theodor Zasche, „Figaro. Humoristisches Wochenblatt“, 23. Oktober 1897.

registriert. Dies wiederum hatte auch für Twain selbst positive Auswirkungen, da seine Werke nun auch von der Arbeiterpresse nachgedruckt wurden, was ihm abermals einen neuen und in der Folge sehr treuen Leserkreis erschloss.

1898 konnte Twain aufatmen. Er hatte genug Geld eingenommen, um tatsächlich alle seine Gläubiger zufriedenzustellen. Er blieb noch zwei Jahre in Europa, dann kehrte er in die USA zurück, wo er sich im Wesentlichen darauf beschränkte, seinen Ruhm zu genießen. Er erhielt zahlreiche Ehrendoktorwürden, darunter jene von den Universitäten Yale und Oxford, und arbeitete, wenn auch halbherzig, an seiner Autobiografie. Nach dem Tod seiner Frau 1904 zog er sich jedoch weitgehend zurück, und als 1909 auch noch seine dritte Tochter starb (bereits früher waren sein Sohn und seine erste Tochter verschieden, lediglich die mittlere Tochter sollte ihn überleben), da schien der Lebenswille Mark Twains endgültig gebrochen. Im Juni 1909 erlitt er eine Herzattacke, fand jedoch noch den Humor, den Gerüchten, er sei bereits tot, mit den Worten zu widersprechen: „Die Zeitungen sprechen davon, dass ich sterbe. Das ist falsch. Ich würde so etwas niemals im Leben tun.“ [9] Am 21. April 1910 tat er es dann doch.

9 Ayck, Mark Twain (wie Anm. 3), 134.

Die Presse in Wien im ausgehenden 19. Jahrhundert

Gabriele Melischek und Josef Seethaler

Das Publikum der Wiener Presse kannte Mark Twain nicht nur aus den zahlreichen Rezensionen, die auf das Erscheinen seiner Werke aufmerksam machten, sondern insbesondere aus seinen humoristischen Erzählungen, die in den Feuilletons der Zeitungen zu lesen waren, teilweise sogar mehrfach. So wurde seine Skizze „Menschenfresserei auf der Eisenbahn", die in der (damals) links-liberalen *Deutschen Zeitung* bereits im November 1874 erschienen war,[1] im Jahr von Twains Ankunft in Wien von der *Arbeiter-Zeitung* erneut gebracht – wenn auch in unterschiedlicher Übersetzung.[2] Die Aufnahme in „Kürschners Bücherschatz" sowie die Veröffentlichung von Beiträgen „nach Mark Twain"[3] sind weitere Belege für die weitverbreitete Vertrautheit mit seinem Werk und seinem literarischen Stil.

Wien hatte, als Mark Twain in den letzten Jahren des 19. Jahrhunderts in der Stadt weilte, ein vielfältiges Pressewesen – die Zeitung war das wichtigste Mittel der öffentlichen Kommunikation.[4] 1899 zählte eine zeitgenössische Statistik nebst zwei amtlichen Zeitungen 20 Tageszeitungen (von denen die Hälfte sogar zwei Mal täglich erschienen), vier mehrmals wöchentlich erscheinende Zeitungen und 22 politische Wochenzeitungen; drei dieser Zeitungen waren in tschechischer Sprache. Dazu kamen noch 53 belletristische Blätter, die durchaus auch politische Inhalte hatten.[5] Die meisten Zeitungen mit höheren Auflagen (von bis zu 50.000 Exemplaren) waren in den 1850er- und 1860er-Jahren als Reaktion auf das steigende Informationsbedürfnis der neuen urbanen bürgerlichen Eliten in den rasch wachsenden Städten gegründet worden und daher vor allem auf den lokalen Informationsbedarf zugeschnitten.

Zu diesen langlebigen auflagenstarken Lokalzeitungen zählte das *Neue Wiener Tagblatt*, das als Marktführer auf dem Anzeigenmarkt sogar die *Neue Freie Presse*, das einzige österreichische „Weltblatt", überholt hatte. Beide Zeitungen waren es, die nicht nur über die Ankunft Twains am 28. September 1897 berichteten, sondern auch die ersten mit ihm geführten Interviews veröffentlichten. Die *Neue Freie Presse* brachte am 1. Oktober ihr Interview gleich auf der ersten Seite des Abendblatts.[6] Bereits am nächsten Tag erschien, ebenfalls auf der ersten Seite, als Teil des Feuilletons „unterm Strich" das Interview des *Neuen Wiener Tagblatts*.[7] In beiden Interviews charakterisierte sich Mark Twain vornehmlich als leidenschaftlicher Beobachter: „Ich stelle mich an einer Straßenecke auf und lasse den Strom der Menschen an mir vorüberrauschen, und ergreife jeden, auch den kleinsten Unterschied zwischen diesen Menschen und denen, die ich schon beobachtet habe", heißt es beispielsweise in der *Neuen Freien Presse*.[8] Damit griff Twain ein entscheidendes Merkmal der Ausbildung eines modernen Journalismus auf. Dieser ließ die frühere Rolle belehrender „Publizisten" hinter sich und beobachtete die Gesellschaft und ihre Institutionen in Politik, Wirtschaft und Kultur auf Entwicklungen und Ereignisse hin, die wechselseitig von Relevanz waren. Prompt reagierte die Presse auf diese Rollenbeschreibung und das *Neue Wiener Tagblatt* veröffentlichte in seiner nächsten Ausgabe eine Humoreske von Eduard Pötzl unter dem bezeichnenden Titel „Der stille Beobachter" mit Twain als zentralem Protagonisten.[9]

Ebenfalls auf dem Interview in der *Neuen Freien Presse* beruhend, erschienen Berichte außerhalb der Metropole Wien. Sie steigerten den Bekanntheitsgrad Twains und untermauerten auch den besonderen Status der *Neuen Freien Presse* als Nachrichtenquelle für andere Zeitungen.[10] Die zahlreichen Interviews[11] führten einerseits zu heftigen Reaktionen, wie etwa jener im *Neuen Wiener Journal*[12], die einen ausfallenden antisemitischen Kommentar in der

1 Deutsche Zeitung, 26. November 1874, 1–4.
2 Arbeiter-Zeitung, 18. April 1897, 9–10.
3 Bspw. von Julian Sternberg im Feuilleton der Wirtschaftszeitung Die Arbeit, 25. November 1894, 69–70.
4 Vgl. Gabriele Melischek/Josef Seethaler, Die Tagespresse der franzisko-josephinischen Ära, in: Matthias Karmasin/Christian Oggolder (Hg.), Österreichische Mediengeschichte. Bd. 1: Von den frühen Drucken zur Ausdifferenzierung des Mediensystems (1500 bis 1918), Wiesbaden 2016, 167–192.
5 Carl Junker, Die Aufhebung des Zeitungsstempels und die österreichische Presse: Denkschrift im Auftrage und auf Grund einer Enquête des Reichsverbandes österreichischer Buchdruckereibesitzer, Wien 1901, 27–29.
6 Neue Freie Presse, 1. Oktober 1897, 1.
7 Neues Wiener Tagblatt, 2. Oktober 1897, 1.
8 Neue Freie Presse, 1. Oktober 1897, 1.
9 Neues Wiener Tagblatt, 3. Oktober 1897, 1–2.
10 Wie bspw. im Grazer Tagblatt, 3. Oktober 1897, 8.
11 Vgl. Carl Dolmetsch, „Unser berühmter Gast": Mark Twain in Wien. Wien 1994 (deutschsprachige Übersetzung von: „Our Famous Guest": Mark Twain in Vienna. Athen–London 1992). Die Darstellung Dolmetschs lässt sämtliche Quellenangaben vermissen.
12 Neues Wiener Journal, 10. Oktober 1897, 3. Die Zeitung gilt als eine der ersten Wiener Boulevardzeitungen.

christlichsozialen *Reichspost*[13] zur Folge hatte. Andererseits gaben sie Anlass für humoristisch-satirische Skizzen[14], die die Interview-Situation selbst persiflierten, indem beispielsweise Emil Kralik (unter dem Pseudonym „Habakuk") in der *Arbeiter-Zeitung* die offenbar häufigen journalistischen Besuche bei Twain umkehrte und titelte: „Der Genosse aus Wildwest: Mark Twain bei mir".[15]

Diese Interviews sind deshalb bemerkenswert, weil das Interview – und zwar nicht in einer indirekten, sondern in der deutlich erkennbaren Frage-und-Antwort-Form – nach zaghaften Anfängen erst in den 1880er-Jahren (und damit nur wenig später als in den USA!) zu einem fixen Bestandteil der Wiener Presse geworden war. Wie die gleichzeitig etablierte Reportage gilt es als spezifisches Charakteristikum eines faktenorientierten, investigativen Journalismus und ist ein weiterer Ausdruck der bereits angesprochenen Professionalisierung des österreichischen Journalismus jener Zeit. Zur Durchsetzung professioneller Normen und Standards trug auch das Wirken des Journalisten- und Schriftstellervereins „Concordia" bei, der 1859 zunächst als Sozialeinrichtung gegründet, doch schon 1865 als – weltweit erste – Standesvertretung anerkannt worden war. Seine Bedeutung belegen Presseberichte über die von der Concordia am 1. November 1897 zu Ehren von Mark Twain veranstaltete „Festkneipe", die am selben Tag noch in den Wiener Montagsblättern und in weiterer Folge nicht nur – angeführt von der *Neuen Freien Presse*[16] – in einem breiten Spektrum an Wiener Zeitungen, sondern monarchieweit zu finden waren.[17] Die wechselseitige Wertschätzung drückte sich nicht zuletzt dadurch aus, dass der Präsident der Concordia, Ferdinand Groß, der sich durch seinen Beitrag im *Fremden-Blatt*[18] als „besser mit Twains Werken vertraut als alle anderen Journalisten" gezeigt hatte,[19] seine Ansprache in englischer Sprache begann, während Mark Twain seine Rede – wenn auch mithilfe eines Manuskripts – in deutscher Sprache hielt.

Den Stellenwert des Journalismus der Habsburgermonarchie dokumentiert auch ein gegen Ende seines Wiener Aufenthalts erfolgter Besuch Mark Twains in Budapest, wo er am 23. März 1899 am Bankett des Budapester Journalistenvereins aus Anlass des 50-jährigen Jubiläums der Pressefreiheit teilnahm. Laut der am nächsten Tag vielerorts veröffentlichten Meldung des ungarischen Telegraphen-Correspondenz-Bureaus schlug der ungarische Ministerpräsident Kálmán Széll in seiner Rede eine Brücke zwischen journalistischen Standards und dem Programm seiner Politik, die er beide der Wahrheit verpflichtet sah.[20]

Die Rolle der Presse als Beobachter und Vermittlungsinstanz der Politik eröffnete sich durch die schrittweise Legalisierung einer politischen Öffentlichkeit, von der auch Mark Twain als Zuhörer von Sitzungen des Gemeinderats und des Reichsrats profitierte. Zeitgenössischen Einschätzungen zufolge vollzog sich 1860 im Zuge der Beratungen des Verstärkten Reichsrats[21] eine erste Öffnung in diese Richtung, als sich einzelne Abgeordnete mit Informationen direkt an die Presse wandten. Das Februarpatent 1861 machte schließlich sämtliche Sitzungen des Herren- und Abgeordnetenhauses öffentlich und im selben Jahr ließen auch die Landtage, Gemeindevertretungen und Handelskammern die Presse zu ihren Beratungen zu. Im nächsten Jahr lockerte das erste parlamentarisch beschlossene Pressegesetz die meisten der in den Jahren des neoabsolutistischen Regimes errichteten Beschränkungen der Zeitungsproduktion, und fast 20 Jahre nach der Revolution von 1848 garantierte der – bis heute in Kraft befindliche – Artikel 13 des Staatsgrundgesetzes über die allgemeinen Rechte der Staatsbürger vom Dezember 1867 die Pressefreiheit.

Die Teilnahme Twains an Gemeinderats- und Reichsratssitzungen auf der Journalistengalerie bzw. in der Journalistenloge wurde in der Presse aus unterschiedlichsten Perspektiven kommentiert. Teilweise beließen es die Zeitungen bei mehr oder weniger ausführlichen Meldungen über seine Anwesenheit, teilweise nützten sie diese für humoristisch-kritische Kommentare, die seine Prominenz belegen. Die *Neue Freie Presse* brachte beispielsweise eine (fiktive) Zuschrift Twains an die Redaktion, in der die Vorgänge während der Gemeinderatssitzung am 15. Oktober 1897 mit konkreten Alltagsproblemen, wie dem lauten Pflaster und den zahlreichen Baustellen durch die Verlegung neuer Gasrohre in der Stadt,

13 Reichspost, 12. Oktober 1897, 5

14 Bspw. in: Die Bombe, 10. Oktober.1897, 5; Kikeriki!, 14. Oktober 1897, 2. Vgl. Hannes Haas, Die Wiener humoristisch-satirischen Blätter. Zur Produktionsgeschichte eines Zeitschriftentyps (1778–1933), in: Medien und Zeit, 1 (1991), 3–15.

15 Arbeiter-Zeitung, 17. Oktober 1897, 5–6.

16 Neue Freie Presse, 2. November 1897, 1–2.

17 Bspw. im Linzer Volksblatt für Stadt und Land, 4. November 1897, 4-5; Prager Tagblatt, 3. November 1897, 9.

18 Fremden-Blatt, 10. Oktober 1897, 13–15.

19 Dolmetsch, „Unser berühmter Gast“ (wie Anm. 11), 45.

20 Wiener Zeitung, 24. März 1899, 9; Neue Freie Presse, 24. März 1899, 4; Pester Lloyd, 24. März 1899.

21 Mit kaiserlichem Patent vom März 1860 wurde der Reichsrat um außerordentliche Reichsräte erweitert (Erzherzoge des kaiserlichen Hauses, vom Kaiser ernannte höhere kirchliche Würdenträger und besonders verdiente Männer sowie 38 vom Kaiser ernannte Mitglieder aus den Landesvertretungen); vgl. ALEX: Historische Rechts- und Gesetzestexte Online, http://alex.onb.ac.at/spa_info.htm, 18. April 2017.

verknüpft wurden, in die Twain schließlich, seine Beobachterrolle überschreitend, selbst eingriff.[22] Auch in dem zuvor genannten humoristisch-satirischen Beitrag der *Arbeiter-Zeitung* nimmt Twain als fiktiver Protagonist auf diese Sitzung Bezug und beschreibt diese „wunderbare Korporation" als „nie gesehen so viel Bauch und so wenig Kopf auf eine[m] Platz beisammen"[23]. Andere Zeitungen nützten seine Anwesenheit während dieser Sitzungen hingegen als Ausgangspunkt für politische Kommentare, wie beispielsweise das *Neue Wiener Journal* über den Parlamentarismus[24] oder die *Reichspost* über ihre anti-liberale Position.[25]

Mit der Ausbildung der modernen Parteien gegen Ende des 19. Jahrhunderts hatte sich nicht nur das politische Spektrum weiter aufgefächert, sondern es intensivierten sich auch die Beziehungen zwischen Presse und Parteien, die in der Zeitung ein wichtiges „Sprachrohr" zur Verbreitung ihrer Ideen erkannten. Diese damals entstandene Nähe zwischen Presse und Partei prägte die journalistische Kultur in Österreich: Parteilichkeit und Informationsvermittlung (wie sie von der lokalen Massenpresse angestrebt wurden) bilden bis heute die beiden spannungsreichen Pole, zwischen denen sich das journalistische Selbstverständnis bewegt. Als „Sprachrohr" von Parteien vertraten die Zeitungen programmatische Positionen, die, wie die Forderung nach einem allgemeinen Wahlrecht, im Interesse der (zaghaften) Demokratisierung von Staat und Gesellschaft lagen, aber auch gegen den Geist der Demokratie gerichtet sein konnten. Gerade das in Österreich historisch folgenschwere Beispiel des Antisemitismus zeigt, dass eine ursprünglich relativ schmale Trägerschicht, die vor allem aus deutschnationalen und christlichsozialen Blättern bestanden hatte[26], unter bestimmten Bedingungen Massenwirksamkeit entfalten konnte. Bis heute ist jedoch ungeklärt, ob die Presse neben den bestehenden Sozialisationsinstanzen wie Familie, Kirche und Schule noch keine hinreichende gesellschaftliche Wirkung entfalten konnte, oder ob sie ihre Funktion eines „public watchdog" nicht ausreichend wahrgenommen hat. Dieser Gedanke der primären Orientierung der Presse am Gemeinwohl (und nicht an partikularen Interessen) war in der zeitgenössischen Diskussion durchaus präsent. So hatte sich die liberale *Neue Freie Presse* schon im Editorial ihrer ersten Nummer am 1. September 1864 dazu bekannt, ein „unabhängiges Organ derjenigen constitutionellen Partei" sein zu wollen, „welche die bestehende Verfassung wahrhaftig durchführen will": Die Interessen der Verfassung waren also vorrangig gegenüber jenen einer Partei. Vor allem auflagenstarke Zeitungen, die auf ein breites Leserpublikum zielten, deklarierten sich zunehmend als unabhängig von parteipolitischen Gruppierungen. Die Rahmenbedingungen für die Entfaltung der Presse als „vierte Macht" waren jedoch alles andere als optimal.

Vor allem der von Mark Twain heftig kritisierte „Zeitungsstempel", eine Art Steuer auf jedes Exemplar einer mindestens einmal wöchentlich erscheinenden in- oder ausländischen Zeitung (mit Ausnahme amtlicher Publikationen und Fachblätter), verzögerte die Entwicklung der österreichischen Presse. Darüber hinaus erschwerte ein Kolportageverbot den täglichen Vertrieb und die im Widerspruch zur Verfassung ausgeübte Zensur setzte dem journalistischen wie verlegerischen Handlungsspielraum enge Grenzen. Das Kolportageverbot versuchten die Zeitungsverlage durch das Sammeln von Subskriptionen und Pränumerationen zu umgehen; in den 1890er-Jahren soll es überdies allein in Wien rund 30.000 illegale Kolporteure gegeben haben.[27] Der Zensur wiederum wurde nicht nur von Twain nachgesagt, dass die Unterdrückung – frei nach Victor Adler – durch Schlamperei gemildert war, was heißen soll, dass verschiedene behördliche Vertreter, zumal in verschiedenen Städten, den Inhalt der Zeitungen unterschiedlich beurteilten.[28] Allerdings stieg die Zahl der Beschlagnahmungen stark an. Waren es 1864, also zwei Jahre nach dem Inkrafttreten des Pressegesetzes, etwas über 900 gewesen, kam es in den letzten fünf Jahren des 19. Jahrhunderts durchschnittlich zu über 2.000 Beschlagnahmungen pro Jahr.[29] Eine Möglichkeit, beanstandete Texte dennoch zu veröffentlichen, lag darin, einen Reichsratsabgeordneten dafür zu gewinnen, die betreffenden Textpassagen im Parlament vorzulesen, da sie dann als Zitat des Abgeordneten abgedruckt werden durften. Diese Praxis band freilich die Presse erneut an die Politik und behinderte die Ausübung einer unabhängigen Kontrollfunktion.[30]

22 Neue Freie Presse, 17. Oktober 1897, 6.
23 Arbeiter-Zeitung, 17. Oktober 1897, 6.
24 Neues Wiener Journal, 7. November 1897, 10.
25 Reichspost, 17. Oktober 1897, 5.
26 Theodor Venus, Der Antisemitismus im österreichischen Pressewesen 1848–1938, in: Elisabeth Klamper (Hg.), Die Macht der Bilder: Antisemitische Vorurteile und Mythen, Wien 1995, 192–211.
27 Thomas Olechowski, Die Entwicklung des Preßrechts in Österreich bis 1918, Wien 2004, 535.
28 Klaus Jürgen Miersch, Konfiskationspraktiken österreichischer Staatsorgane gegenüber der frühen sozialdemokratischen Presse, in: Archivalisches Mitteilungsblatt des Vereins für Geschichte der Arbeiterbewegung 3 (1968), 62–83.
29 Junker, Die Aufhebung des Zeitungsstempels (wie Anm. 5), 54.
30 Josef Seethaler/Gabriele Melischek, Die Zeitung im Habsburger Vielvölkerstaat, in: Martin Welke, Jürgen Wilke (Hg.), 400 Jahre Zeitung 1605–2005, Bremen 2006, 311–334.

Reichsratsgebäude (Parlament), 1902

Die Entwicklung des österreichischen Parlamentarismus 1848–1918

Andreas Pittler

Im Gegensatz zu anderen Nationen hatte Österreich lange Zeit keine parlamentarische Volksvertretung.[1] Zwar gab es Landtage auf ständischer Grundlage, doch Österreich selbst sah sich erst 1848 im Zuge der „bürgerlichen Revolution" erstmals mit einem parlamentarischen Gremium konfrontiert. Der „Reichstag", im Juli 1848 feierlich in der Winterreitschule der Hofburg eröffnet, blieb freilich Episode.[2] Er wurde zunächst ins mährische Kremsier verlegt und schließlich 1849 gänzlich aufgelöst. Die darauf folgenden zehn Jahre regierte Kaiser Franz Joseph absolut.[3]

Die militärischen Misserfolge am italienischen Kriegsschauplatz, die auch eine beträchtliche ökonomische Krise provozierten, zwangen Franz Joseph dazu, in seinem „Laxenburger Manifest" vom 15. Juli 1859 „zeitgemäße Verbesserungen in Gesetzgebung und Verwaltung" anzukündigen.[4]

Der Hof gedachte jedoch zunächst, die parlamentarischen Kompetenzen auf ein absolutes Minimum zu reduzieren. Der im Juni 1860 erstmals einberufene „Verstärkte Reichsrat" sollte lediglich beratende Funktion haben.[5] Mit diesem Modell konnte sich der Kaiser jedoch nicht durchsetzen. In das Februarpatent von 1861 wurde deshalb ein „Grundgesetz über die Reichsvertretung" inkorporiert, das einen aus zwei Kammern – Herrenhaus und Abgeordnetenhaus – bestehenden Reichsrat vorsah, der nun auch aktiv an der Gesetzwerdung mitwirken sollte.[6] Damit war erstmals das Monopol der kaiserlichen Regierung auf die Erlassung von Gesetzen gebrochen. Die 343 Mitglieder des Abgeordnetenhauses wurden allerdings nicht gewählt, sondern von den Landtagen der Kronländer delegiert.

Doch auch dieser neue Anlauf zu einem österreichischen Parlamentarismus blieb Episode. Nicht zuletzt deshalb, weil die politische Unterstützung durch die nichtdeutschen Nationen mehr und mehr wegbrach. Trotz dieser Alarmzeichen kam die Auflösung des Reichsrats im Juli 1865 überraschend. Auch das zweite Parlament in der österreichischen Geschichte ging mehr oder weniger glanzlos unter.

Ein neuer Anlauf

1866 ließ sich der Kaiser abermals auf ein außenpolitisches Abenteuer ein und abermals verlor Österreich auf allen Linien. Der sogenannte „Deutsche Krieg von 1866" führte zum Ende der Vormachtstellung Österreichs im deutschen Sprachraum[7] und verschärfte Österreichs politische und ökonomische Krise. Ein politischer Neuansatz schien unvermeidlich. Tatsächlich lenkte die Krone ein und schrieb für Februar 1867 Neuwahlen der Landtage aus. Der Kaiser berief mit Ministerpräsident Friedrich von Beust und dessen Stellvertreter Eduard Graf Taaffe eine neue Regierung und hoffte, dieses „Bürgerministerium" würde eine Lösung für die politische Malaise finden.

Tatsächlich fanden sich am 20. Mai 1867 in Wien 186 Abgeordnete ein – nur 14 tschechische Mandatare boykottierten das neue Gremium, drei Sitze blieben vakant. Die Gesamtzahl von 203 Mandaten ergab sich aus dem Ausscheiden Lombardo-Venetiens 1866 einerseits und dem Verzicht der Einbeziehung Ungarns in den Reichsrat andererseits. Aufgabe von Parlament und Regierung war es mithin, einen Ausgleich mit Ungarn zu finden. Dies gelang bis Dezember 1867, als das Kaisertum Österreich auch offiziell in die „Österreichisch-Ungarische Monarchie" umgewandelt wurde.[8]

Ungelöst war freilich die überaus prekäre budgetäre Lage. Zu deren Lösung regte die Regierung unter anderem eine Vermögensabgabe, Steuererhöhungen und den Verkauf von Staatsvermögen an, konnte ihre Pläne allerdings nicht durchsetzen; drei Steuerreformen binnen weniger Jahre brachten keine nennenswerte Erleichterung. Erst mit einem couragierten Infrastrukturinvestitionsprogramm begann sich die Lage zu entspannen.

1873 kam der Schritt zu einer weiteren Reform des Parlaments. Die Abgeordneten wurden nun erstmals – in vier Kurien –

1 David Davis, A Guide to Parliament, London 1997, 156–158; Walter Markov/Albert Soboul, Die große Revolution der Franzosen, Berlin 1989, 82–99; Volker Reinhardt, Kleine Geschichte der Schweiz, München 2010, 13–19.

2 Friedrich Weissensteiner, Die österreichischen Kaiser, Wien 2003, 92.

3 Ebd., 101

4 Stephan Vajda, Felix Austria. Eine Geschichte Österreichs, Wien 1980, 514516; Helmut Rumpler/Peter Urbanitsch, Die Habsburgermonarchie 1848–1918, Band VII: Verfassung und Parlamentarismus,
1. Teilband: Verfassungsrecht, Verfassungswirklichkeit, zentrale Repräsentativkörperschaften, Wien 2000, 145.

5 Ernst Görlich/Felix Romanik, Geschichte Österreichs, Wien 1995, 405.

6 Ebd., 406–407.

7 Helmut Neuhold, Königgrätz, Wiesbaden 2016, 226–227.

8 Görlich/Romanik, Geschichte Österreichs (wie Anm. 5), 417.

direkt gewählt und ihre Zahl auf 353 erhöht.[9] Die Direktwahl bedeutete allerdings, dass die Mandatare vom Wohlwollen ihrer Wähler abhängig waren und daher deren Wünschen zu entsprechen versuchten. Der Reichsrat wurde mithin zu einem Gremium der Partikularinteressen, in welchem die unterschiedlichen Begehrlichkeiten in aller Härte aufeinandertrafen.

Verschärft wurde diese Tendenz durch die neuerliche ökonomische Krise nach dem Bankenkrach vom Mai 1873. Dies war wohl auch mit ein Grund, warum die Liberalen bei den Neuwahlen des Jahres 1879 hinter den Konservativen zurückblieben. Neuer Ministerpräsident wurde Eduard Graf Taaffe, der dieses Amt 14 Jahre lang innehaben sollte.[10]

Die Ära Taaffe

Taaffe, ein enger Vertrauter des Kaisers, setzte statt auf Markt und Wettbewerb auf rigiden Protektionismus. Mittels hoher Einfuhrzölle und ähnlicher Maßnahmen verschaffte er der heimischen Industrie einen Wettbewerbsvorteil. Gleichzeitig ging Taaffe vom Prinzip der Gewerbefreiheit ab und führte Befähigungsnachweise für Handwerks- und Produktionsbetriebe ein, was die Qualität der erzeugten Waren erhöhte und damit deren Stellung am Markt verbesserte.[11]

Im Rahmen einer neuerlichen Wahlrechtsreform wurde die Mindeststeuerleistung zur Erlangung des Wahlrechts auf fünf Gulden herabgesetzt, wodurch viele kleine Gewerbetreibende und Bauern erstmals das aktive Wahlrecht erhielten. Dieser Schachzug sicherte Taaffes parlamentarische Basis nachhaltig ab.[12]

Bereits 1869 war Taaffe mit der sich formierenden Arbeiterbewegung konfrontiert worden, die anlässlich der Eröffnung der neuen Parlamentssession eine mächtige Demonstration abgehalten hatte.[13] Der Ministerpräsident versuchte, einerseits die soziale Lage durch eine Reihe von Maßnahmen zu verbessern, andererseits wurde jede politische Regung von links streng geahndet. Dem in den 1880er-Jahren voll ausbrechenden Nationalitätenhader war jedoch nicht beizukommen.

Auch hier versuchte Taaffe, seinen Gegnern durch Zugeständnisse in der Sache den Wind aus den Segeln zu nehmen. Die Sprachenverordnung von 1880 gestattete den Gebrauch der tschechischen Sprache in allen Gebieten Böhmens als Amtssprache, womit die Regierung einer langjährigen Forderung der Tschechen entsprach. Die Begeisterung der Deutschnationalen hielt sich freilich in sehr engen Grenzen. Taaffe stützte sich jedoch auf eine Koalition mit den slawischen Parteien, die durch Finanzminister Julian von Dunajewski und Justizminister Alois von Pražák prominent im Kabinett vertreten waren. Im Gefolge der Reichsratswahlen von 1885 erzielte Taaffes Koalition 190 von 353 Sitzen und verfügte damit über eine komfortable Mehrheit.

Und doch geriet die Regierung alsbald von links und rechts unter verbalen Beschuss. Den Jungtschechen gingen die Reformen hinsichtlich der Gleichstellung der slawischen Nationen nicht weit genug, für die Deutschnationalen, aber auch für die sich formierenden Christlichsozialen schossen sie weit über das Ziel hinaus. Beide Seiten trugen ihren Streit ebenso wortreich wie lautstark im Abgeordnetenhaus aus. In dieser Situation entstand das Bonmot, wonach Taaffe nur noch eine Politik des „Fortwurstelns" betreibe.

Der Ministerpräsident verwahrte sich übrigens in der Abgeordnetenhaussitzung vom 9. März 1889 explizit, dieses Wort gebraucht zu haben. Er habe vielmehr, betonte er, davon gesprochen, dass sich die Regierung angesichts der angespannten Lage „durchfretten" müsse, was etwas völlig anderes meine als das ihm in den Mund gelegte „Fortwursteln". Immerhin impliziere der Ausdruck „durchfretten", dass man aus einer misslichen Lage das Beste zu machen trachte, während das andere Wort meine, dass man ohne Sinn und Verstand einfach in eine eingeschlagene Richtung weitergehe.

Die Wahl von 1891 brachte Taaffe eine weitere Schwächung. Die großen Wahlsieger waren die Jungtschechen und die Christlichsozialen, Taaffes Koalition konnte sich nun nur noch auf 133 Abgeordnete verlassen und musste sich die erforderlichen Mehrheiten suchen. Da warf auch Finanzminister Dunajewski das Handtuch, nachdem ihm das für vollkommen unmöglich gehaltene Kunststück gelungen war, erstmals seit dem Ausgleich auch ein ausgeglichenes Budget vorzulegen und Österreichs Staatsschuld durch die Schaffung zahlreicher indirekter Steuern wie der Mineralöl-, der Branntwein- und der Tabaksteuer nennenswert zu reduzieren. Er legte 1891 seine Funktionen im Polenklub und in der Regierung zurück und wechselte ins Herrenhaus. Taaffe hatte seinen wichtigsten Mitstreiter verloren.

9 Rumpler/Urbanitsch, Habsburgermonarchie, Band VII (wie Anm. 4), 194–199.
10 Erich Zöllner, Geschichte Österreichs: von den Anfängen bis zur Gegenwart, Wien 1990, 422–427.
11 Ebd., 425–426.
12 Ebd., 426.
13 Herbert Steiner, Die Gebrüder Scheu: eine Biographie, Wien 1968, 123.

Damit nicht genug, sah sich Taaffe auch einer breiten Bewegung gegenüber, die eine massive Ausweitung des Wahlrechts einmahnte. Taaffe brachte im Oktober 1893 den Entwurf einer Wahlrechtsänderung für die Wahl zum Reichsrat ein, die die Einführung des allgemeinen Männerwahlrechts bedeutet hätte. Mit dieser Reform hätte sich die Zahl der Wahlberechtigten mehr als verdoppelt, jeder dritte Mann wäre dadurch wahlberechtigt gewesen.

Die Entrüstung gegen Taaffes Pläne kam vor allem aus den eigenen Reihen und so war es ein Leichtes, ihn am 11. November 1893 seiner Pflichten zu entbinden.

Vom Fortwursteln zum „Sturmjahr"

Für zwei Jahre war die Politik des Landes durch vollkommenen Stillstand gekennzeichnet, und erst als im September 1895 Taaffes glückloser Nachfolger selbst durch Kasimir von Badeni abgelöst wurde, kam wieder Bewegung in die festgefahrenen Fronten. Zunächst nahm sich Badeni der Wahlrechtsfrage an. Bereits im Februar 1896 leitete er dem Parlament eine Vorlage zu, der gemäß eine fünfte, allgemeine Kurie mit 72 zu vergebenden Mandaten geschaffen werden sollte. Wahlberechtigt in dieser Kurie sollten alle männlichen Staatsbürger nach dem vollendeten 24. Lebensjahr sein, die eine sechsmonatige Sesshaftigkeit in einem Wahlbezirk nachweisen konnten. Damit würden in dieser Kurie auch all jene wahlberechtigt sein, die schon in den ersten vier Kurien das Wahlrecht besaßen, womit also das Pluralwahlrecht eingeführt werden sollte.[14] Der Entwurf wurde angenommen und – nach Zustimmung des Herrenhauses – am 14. Juni 1896 durch kaiserliche Sanktion zum Gesetz. Die Wahlen des Jahres 1897 wurden bereits in fünf Kurien abgehalten.

Für die Sozialdemokratie brachte dieser Urnengang ein zwiespältiges Ergebnis. Alle ihre politischen Schwergewichte unterlagen in ihren Wahlkreisen, weder Victor Adler noch Jakob Reumann oder Julius Popp konnten ein Mandat erringen. Allerdings blieben doch einige Kandidaten in nichtösterreichischen Bezirken, vor allem in Böhmen und in Galizien, erfolgreich.

Zogen also die Sozialdemokraten mit nunmehr 14 Abgeordneten ein (zuvor war Engelbert Pernerstorfer ihr einziger Vertreter gewesen), so verbesserten sich die Christlichsozialen von 14 auf 30 und die Deutschnationalen von 17 auf 47 Mandate. Die Liberalen sanken von 109 auf 77 ab und spalteten sich noch dazu in zwei Klubs auf. Die Jungtschechen gewannen statt 37 nunmehr 63 Mandate und neben dem Polenklub gelang auch der Polnischen Volkspartei und den polnischen Christlichsozialen der Einzug ins Hohe Haus. Nach der Konstituierung des neuen Abgeordnetenhauses gab es 15 Klubs, unter denen die Jungtschechen den zahlenmäßig größten und die Polnische Volkspartei den zahlenmäßig kleinsten stellten.

Vor diesem Hintergrund hatte es Badeni schwer, eine tragfähige Mehrheit zu finden. Selbst Pole, suchte er naheliegenderweise die Verständigung mit den Jungtschechen, denen er hinsichtlich ihrer politischen Forderungen entgegenkommen wollte. Damit gelangte die Frage nach einem deutsch-tschechischen Ausgleich wieder auf die Tagesordnung.

Badeni entschloss sich, eine Sprachenverordnung zu erlassen, welche die Kronländer Böhmen und Mähren zur Zweisprachigkeit im Amtsverkehr verpflichtete. Damit wurde von jedem Staatsbeamten die Kenntnis beider Nationalsprachen in Wort und Schrift bis spätestens 1. Juli 1901 verlangt.[15]

Dies bedeutete für die Tschechen einen gewaltigen Vorteil, da sie die eine Nationalsprache als Muttersprache besaßen, die andere aber spätestens mit Eintritt in die Grundschule zu lernen begonnen hatten, während die Deutschen in aller Regel monoglott waren. Dementsprechend groß war die Empörung der Deutschnationalen. Sie setzten in der Folge auf Obstruktion und versuchten die Regierung dadurch zum Einlenken zu zwingen, dass sie alle anderen Gesetzesvorhaben durch Dauerreden blockierten. Da ihnen auf diesem Weg jedoch weder die Christlichsozialen noch die Sozialdemokraten folgten, standen sie zunächst ziemlich alleine da. Sie mussten mit ansehen, wie die Majorität einen Antrag auf Übergang zur Tagesordnung stellte, der mit 203 zu 163 Stimmen angenommen wurde. Die slawischen Parteien hatten einen Etappensieg errungen. Ehe das Abgeordnetenhaus Ende September wieder zusammentrat, so die allgemeine Hoffnung, würden sich die Gemüter über die Sommerpause beruhigt haben.

Diese Hoffnung erfüllte sich freilich nicht. Die Deutschnationalen machten die Badenische Sprachenverordnung zur Fahnenfrage. Am 23. September trat das Abgeordnetenhaus zu einer neuen Session zusammen. Abermals setzten die Deutschnationalen auf

14 Rumpler/Urbanitsch, Habsburgermonarchie, Band VII (wie Anm. 4), 201.

15 Jiri Koralka, Tschechen im Habsburgerreich und in Europa, Wien 1991, 159; Friedrich Funder, Vom Gestern ins Heute: aus dem Kaiserreich in die Republik, Wien 1971, 153.

Obstruktion und die Nerven lagen auf beiden Seiten blank. Als der Abgeordnete Wolf dem Ministerpräsidenten vorwarf, ein Schuft zu sein, verlangte dieser Satisfaktion. In der Tat kam es am 26. Oktober 1897 zu einem Pistolenduell zwischen den beiden, in dessen Verlauf Badeni verwundet wurde.[16]

Da die Deutschnationalen der Regierung in der Sprachenverordnung offenbar nicht beikommen konnten, setzten sie auf eine andere Karte. Der österreichisch-ungarische Ausgleich war 1867 mit einer Vielzahl an konkreten Abkommen verbunden worden, die jeweils eine Laufzeit von zehn Jahren hatten und daher immer wieder erneuert werden mussten, widrigenfalls die Doppelmonarchie formal zu bestehen aufhören würde. Verzögerte man durch Dauerreden die Verlängerung des Ausgleichs mit Ungarn, war für die Regierung weit größerer Schaden angerichtet, als wenn sie die Sprachenverordnung widerrufen müsste. Um des Problems Herr zu werden, griff die Koalition zu bislang nicht gekannten Extremmaßnahmen: Die Parlamentsbeamten wurden zu Nachtdiensten verdonnert, die Sitzungen bis weit in die Nacht hinein fortgesetzt. Die Deutschnationalen drohten, sie würden nicht weichen und nicht wanken, ehe nicht die Sprachenverordnung zurückgezogen sei.

In dieser aufgeheizten Stimmung warteten alle auf die Sitzung am 28. Oktober 1897, mit der die Tagung fortgesetzt werden sollte. Die Zeitungen berichteten schon im Vorfeld recht ausführlich über die Lage, und dies war wohl auch der Grund, weshalb sich Mark Twain an jenem Tag im Hohen Haus einfand. Unmittelbar zuvor wurde zudem bekannt, dass der Präsident des Abgeordnetenhauses sein Amt niedergelegt hatte. Die Sitzung musste also von den Vizepräsidenten geleitet werden. Für den Reichsrat sollte der Schritt des Präsidenten nachhaltige Folgen haben.

Zunächst aber begann jene Sitzung, die Twain in seinem Essay so blumig beschreibt. Am Siedepunkt der Auseinandersetzungen meldete sich der Abgeordnete Otto Lecher zu Wort. Er sollte mehr als zwölf Stunden am Rednerpult stehen, was ihm umgehend auch internationale Beachtung eintrug. Die Sitzung selbst erreichte mit einer Dauer von 33 Stunden ungeahnte Rekordlänge und endete in einem ergebnislosen Chaos.

Doch die Regierung nahm den Fehdehandschuh auf. Am 8. November 1897 erinnerte Finanzminister Leon Biliński die Mandatare daran, dass die Verfassung ein Notverordnungsrecht vorsehe – der berühmte Paragraph 14, dem Twains zweiter Artikel gewidmet ist –, von dem die Regierung Gebrauch machen werde, sollten die Abgeordneten nicht zur Einsicht kommen und ihre verfassungsmäßige Pflicht tun. Dies spornte die Gegenseite erst recht zu weiterem Widerstand an.

Ministerpräsident Badeni hatte aber noch einen Trumpf in der Hand. Mit seiner noch vorhandenen Mehrheit ließ er Dawid von Abrahamowicz zum neuen Präsidenten des Abgeordnetenhauses wählen, der bereit war, der weiteren Obstruktion einen Riegel vorzuschieben. Wenig später nutzte der Abgeordnete Julius Graf von Falkenhayn eine Phase allgemeiner Aufregung – die Abgeordneten standen heftig debattierend in Gruppen zusammen – zur Einbringung eines Antrags, der es ermöglichte, Mandatare, die durch ihr Verhalten eine ordnungsgemäße Sitzung verunmöglichten, von der Sitzung auszuschließen und zu diesem Zweck das Eingreifen der Polizei unter Aufhebung der parlamentarischen Immunität vorsah. Abrahamowicz wertete das Herumstehen der Volksvertreter kurzerhand als „Erheben von den Sitzen", womit die alsbald „Lex Falkenhayn" genannte Maßnahme angenommen war.

Als die Abgeordneten begriffen, was eben geschehen war, gaben sie endgültig jede Zurückhaltung auf, und das Parlament sah Rangeleien, die herkömmlichen Wirtshausschlägereien kaum nachstanden. Abrahamowicz ließ hart durchgreifen und die Revolte von 60 Polizisten niederschlagen. Die radikalsten Obstruktionisten – wie der Abgeordnete Wolf – wurden sogar verhaftet. Damit freilich hatte die Regierung den Bogen überspannt. Spontan entlud sich der Volkszorn und es kam zunächst in Wien, wenig später auch in Prag, Graz, Linz, Pilsen, Brünn, Aussig an der Elbe und Salzburg zu regelrechten Straßenschlachten.[17] Der Kaiser zog die Konsequenzen und entließ Badeni am 28. November 1897 aus seinem Amt. Das Abgeordnetenhaus des Reichsrats wurde auf unbestimmte Zeit ausgesetzt.

Die weitere Entwicklung

Badenis Nachfolger Paul von Gautsch sah sich, kaum dass die Randale der Deutschnationalen beendet waren, einem Aufruhr der Slawen gegenüber, die eine Rücknahme der Sprachenverordnung befürchteten. Gautsch blieb nichts anderes übrig, als die notwendigen

16 Eva Philippoff (Hg.), Die Doppelmonarchie Österreich-Ungarn: ein politisches Lesebuch (1867–1918), Lille 2001, 112.

17 Peter Rosegger, Die Novemberereignisse in Graz, in: Der Heimgarten, Nr. 22, Graz 1898, 311–313, zitiert nach Philippoff, Die Doppelmonarchie (wie Anm. 16), 114.

Gesetze im Notverordnungswege durchzusetzen. Und abermals drängte die Zeit, da der ungarische Ministerpräsident Bánffy daran festhielt, dass Ungarn, sollten die Ausgleichsgesetze nicht spätestens bis zum 1. Mai 1898 ordnungsgemäß beschlossen sein, sein volles Selbstbestimmungsrecht zurückerhalte und sodann souverän über seine weitere Zukunft entscheiden werde. Gautsch widerrief nun tatsächlich die Badenische Sprachverordnung und schlug stattdessen einen Kompromiss vor, der zwischen einsprachigen und zweisprachigen Bezirken unterschied, was naturgemäß keine der beiden Seiten saturierte.[18] Gautsch resignierte und reichte am 5. März 1898 seinen Rücktritt ein.

Die einander im Anschluss daran in kurzer Folge ablösenden Regierungen vermochten der Krise nicht Herr zu werden, sodass Österreich in einer Art politischer Dauerkrise lebte; dementsprechend groß war die Zahl der PessimistInnen, die mit einem baldigen Untergang der Monarchie rechneten.

Vom allgemeinen Männerwahlrecht zum Ende des Habsburgerreichs

Endlich erkannten die herrschenden Kreise die Notwendigkeit einer grundlegenden Wahlrechtsreform, wenn sie aus der politischen Sackgasse herausfinden wollten.

Dies nicht zuletzt deshalb, weil das Beispiel Russland dramatisch vor Augen geführt hatte, wie schnell ein vermeintlich stabiles Herrschaftssystem implodieren konnte. Vor allem die Sozialdemokraten machten den Kampf um das Wahlrecht zu ihrem zentralen Anliegen. Tatsächlich wurde die Frage eines allgemeinen Wahlrechts in der Folge einem eigenen Ausschuss zugewiesen, nicht ganz ein Jahr später begann am 6. November 1906 die Generaldebatte zur vorgeschlagenen Novelle. Schließlich passierte der Vorschlag am 1. Dezember 1906 das Abgeordnetenhaus, und da am 21. Jänner 1907 auch das Herrenhaus seinen Sanctus gab, wurde das allgemeine und gleiche Männerwahlrecht Wirklichkeit. Gleich beim ersten Urnengang nach dem neuen Modus avancierte die Sozialdemokratie zur stärksten Kraft im Hohen Haus.

Doch auch mit dieser Demokratisierung sollte die Donaumonarchie ihre substanzielle Krise nicht überwinden. Die einzelnen Nationen drifteten weiter auseinander, ja nicht einmal mehr die Politiker mit derselben Weltanschauung trauten ihren Gesinnungsgenossen in der jeweils anderen Nation über den Weg. Die Krise setzte sich auch im Abgeordnetenhaus unverändert fort, sodass dieses auf Vorschlag der Regierung immer öfter sistiert wurde.

Diese Ausschaltung des Parlaments ersparte es den Abgeordneten im Sommer 1914, zum Thema der Kriegskredite eine Entscheidung treffen zu müssen. Zu diesem Zeitpunkt waren nicht wenige Mandatare schon aus der Hauptstadt abgereist, da sie befürchten mussten, Opfer der allgemein hysterischen Stimmung zu werden. Rasch war klar, dass die nichtdeutschen Völkerschaften keine Perspektive mehr in der Monarchie sahen, die dann auch mit der Niederlage im Weltkrieg endgültig zerfiel. In vielen Nachfolgestaaten des Habsburgerreichs standen ehemalige Abgeordnete des Reichsrats an der Wiege des neuen Gemeinwesens. Österreich blieb, was danach noch übrig war, doch auch dort stellten die Reichsratsabgeordneten der Monarchie das überwältigende Gros des politischen Personals.[19]

Man mochte allerorts gehofft haben, dass kleingeistiger Hader und chauvinistische Hetze mit dem Eintritt in ein neues Zeitalter der Vergangenheit angehören würden. Doch die Geschichte des 20. Jahrhunderts zeigte, dass es noch ein weiter Weg bis zu Verständigung und Versöhnung sein sollte.

18 Zöllner, Geschichte Österreichs (wie Anm. 10), 431.

19 Vgl. Andreas Pittler, Von der Donaumonarchie zum vereinten Europa: 20 Reichsratsabgeordnete, die Geschichte schrieben, Klagenfurt 2003.

Sitzungssaal des Abgeordnetenhauses des Reichsrates.
Blick von der Presseloge, in der auch Mark Twain die Sitzungen verfolgte

Blockieren und Reformieren – parlamentarische Obstruktion in Österreich

Christoph Konrath

Obstruktion in Parlamenten war Ende des 19. Jahrhunderts ein viel diskutiertes Thema. In Zeitungen und Pamphleten wurde über deren Bedeutung und Notwendigkeit gestritten, in wissenschaftlichen Abhandlungen wurde nach dem richtigen Umgang damit gefragt und in Lehr- und Handbüchern zum Parlamentarismus waren ihr ganze Kapitel gewidmet. Heute ist dieser Begriff im Deutschen kaum mehr geläufig. Aber er schwingt nach wie vor in Diskussionen darüber nach, was Parlamente tun und leisten können. Vor allem dann, wenn es um die Verzögerung oder Verhinderung wichtiger Entscheidungen, den Einsatz von „Geschäftsordnungstricks" oder Streit zwischen Regierung und Opposition geht. Das sind Konflikte, die für Außenstehende oft schwer nachvollziehbar sind. Rasch wird dann der Eindruck erweckt, dass Abgeordnete ohnehin nur mit sich selbst beschäftigt wären und kein Interesse an konstruktiven Lösungen hätten.

Ganz allgemein bezeichnet der Begriff Obstruktion die Beeinträchtigung, Behinderung, Blockierung oder Störung einer Sache. In Parlamenten bedeutet er, dass Verfahrensregeln in einer Weise eingesetzt werden, die ein geordnetes Verfahren aufhalten oder Entscheidungen unmöglich machen. Gemeint sein kann aber auch, dass sich Abgeordnete außerhalb der Verfahrensregeln stellen und dadurch die parlamentarischen Abläufe stören oder unmöglich machen.

Parlamente funktionieren auf zwei Grundlagen: Das freie Mandat sichert die Rede- und Abstimmungsfreiheit der Abgeordneten. Das Selbstorganisationsrecht des Parlaments stellt sicher, dass das Parlament selbst bestimmen kann, wie es arbeitet und seine Aufgaben erfüllt. Beide, das freie Mandat und das Selbstorganisationsrecht, können nur wirksam werden, wenn sie aufeinander abgestimmt sind. Wenn jede/r Abgeordnete nur für sich handelt und nur auf die eigene Stellung achtet, wird es schwer, Verhandlungen zu führen und nachvollziehbare Entscheidungen zu treffen. Wenn eine Gruppe von Abgeordneten versucht, die Abläufe allein zu bestimmen, stellt sie demokratische Verfahren infrage. Dann kann nicht nur Minderheiten oder der Opposition die Möglichkeit genommen werden, ihre Meinung einzubringen. Dann wird auch das zentrale Merkmal von Demokratie, der Austausch unterschiedlicher Meinungen und der öffentliche Streit, unmöglich gemacht.[1]

Damit Parlamente funktionieren können, braucht es Verfahrensregeln. Diese werden meist als Geschäftsordnung bezeichnet und sollen sicherstellen, dass genug Zeit für die parlamentarische Arbeit gegeben ist und Abgeordnete im Voraus planen können. Sie legen Diskussionsregeln fest, die gewährleisten sollen, dass jede/r die Chance hat, eigene Standpunkte und Fragen einzubringen. Sie regeln Abstimmungen, damit klar ist, wie – oft sehr weitreichende – Beschlüsse richtig zustande kommen. Damit soll garantiert werden, dass Abgeordnete und die Öffentlichkeit über ausreichende Möglichkeiten zur Information und Meinungsbildung verfügen. Um die notwendige Flexibilität in den parlamentarischen Prozessen zu gewährleisten, regeln Geschäftsordnungen nur manche Bereiche im Detail (z. B. die Einbringung von Anträgen oder die Durchführung von Abstimmungen). In anderen Bereichen sind die Bestimmungen eher weit gefasst. Hier sind Parlamente darauf angewiesen, dass Abgeordnete bereit sind, die Regeln in fairer und respektvoller Weise anzuwenden.

Die Zeit, die Mark Twain in seinen Reportagen beschreibt, wurde als „Ära der Obstruktion" bezeichnet. Das Abgeordnetenhaus, aber auch Landtage wie jener Böhmens, wurden zu Brennpunkten der politischen Auseinandersetzung. Im Mittelpunkt standen die Blockade und die Verhinderung von Debatten und Entscheidungen. Das führte letztlich zu einer Abwertung des Parlamentarismus und des politischen Diskurses.[2]

Das Verfahren des Abgeordnetenhauses war in mehreren Gesetzen und einer sogenannten „autonomen Geschäftsordnung" festgelegt. Zahlreiche Fragen waren nur in Ansätzen oder sogar widersprüchlich geregelt, vieles blieb offen. Die damit verbundenen Schwierigkeiten waren den Abgeordneten bewusst, und in den 1880er-Jahren kam es zu zahlreichen Reformversuchen. Aber keinem dieser Anläufe zur Verbesserung der Organisation und der

1 Vgl. dazu: Christoph Konrath, Parlamentarismus zwischen Politik und Recht, in: Tamara Ehs/Stefan Gschiegl/Karl Ucakar/Manfried Welan (Hg.), Politik und Recht. Spannungsfelder der Gesellschaft, Wien 2012, 107–133.

2 Dazu und zum Folgenden: Friedrich Tezner, Die Volksvertretung, Wien 1912, 179, 517–526.

Disziplin in den Sitzungen war Erfolg beschieden. Es gelang nicht, die nötigen Mehrheiten für Änderungen zusammenzubringen.

In dieser Situation konnten also die Schwächen der Verfahrensregeln gezielt genutzt werden, um die parlamentarischen Abläufe zu verkomplizieren oder gar aufzuhalten. In den Konflikten über die Badenischen Sprachenverordnungen wurde es üblich, zu Beginn der Sitzung des Abgeordnetenhauses Dutzende Anträge und Petitionen einzubringen und zugleich deren Verlesung zu verlangen. Das konnte Stunden und sogar ganze Sitzungstage beanspruchen. Beschwerden dagegen führten zu langen Debatten über Verfahrensfragen, zu komplizierten Abstimmungen und Sitzungsunterbrechungen. Bei all dem ist aber zu beachten, dass die Geschäftsordnung und weitere Gesetze diese Möglichkeiten vorsahen. Es kam nur darauf an, dass sich jeweils genug Abgeordnete zusammentaten, um einen solchen Antrag einzubringen oder sonstige Befugnisse zu nutzen. Die Abgeordneten taten folglich nichts Unrechtes, wenn sie davon Gebrauch machten. Was die Geschäftsordnung aber nicht vorsah, war, dass diese Mittel in einem Maß gebraucht wurden, das im Endeffekt jegliches parlamentarische Handeln unmöglich machte.

Dazu kam ein weiteres Problem: Wenn sich Abgeordnete einer Nationalität bei der Anwendung dieser Instrumente zusammentaten, konnte jedes Vorgehen dagegen als Angriff auf diese Nationalität und als Verweigerung ihrer Rechte dargestellt werden. Als einziger Ausweg bot sich folglich oft nur die Vertagung der Sitzung oder sogar die Schließung oder Auflösung des Abgeordnetenhauses durch den Kaiser an. Das bedeutete, dass es über Monate kein Parlament gab und die Regierung, wie Mark Twain es beschrieb, neue Maßnahmen nur aufgrund kaiserlicher Verordnungen umsetzen konnte.

Obstruktion konnte aber noch auf andere Weise passieren. Mit dem Erstarken des Nationalismus und dem Entstehen moderner Massenparteien änderten sich auch Art und Weise parlamentarischer Debatten. Das heißt nicht, dass es zuvor immer gesittet zugegangen wäre und die Abgeordneten nichts anderes als die beste Lösung im gemeinsamen Interesse im Sinn gehabt hätten. Was sich aber deutlich veränderte, war die Zusammensetzung des Parlaments. Die Ausweitung des Wahlrechts führte dazu, dass die Abgeordneten aus den unterschiedlichsten Gesellschaftsschichten kamen. Die Veränderung des politischen Stils durch neue Parteien mit radikalen politischen Forderungen und vor allem durch den Antisemitismus führte dazu, dass diese auch parlamentarische Debatten zu bestimmen begannen.

Ab einem gewissen Zeitpunkt schien es sich nicht mehr auszuzahlen, allein auf „technische Obstruktion“, also die Nutzung aller in der Geschäftsordnung vorgesehenen Möglichkeiten, zu setzen. Angesichts der Starrheit aller Parteien blieben diese Instrumente letztlich nur mehr zeitaufwendig, in der Sache waren sie aussichtslos. Ausgehend vom Böhmischen Landtag begannen vor allem die Jungtschechen, Sitzungen mit „gewaltsamer Obstruktion“ zu stören. Mark Twain beschrieb diese anlässlich der Badeni-Krise im Abgeordnetenhaus.

Dem Präsidenten des Abgeordnetenhauses standen dagegen nur die Mittel des Ordnungsrufs, der ungehört verhallen konnte, oder der Unterbrechung oder Vertagung der Sitzung zur Verfügung. Das aber erschien vielen Abgeordneten als sehr unbefriedigend. Am 25. November 1897 nutzten sie einen wilden Tumult, damit der Abgeordnete Julius Graf Falkenhayn den Stenographen eine Änderung der Geschäftsordnung diktieren konnte. Mit dieser, als „Lex Falkenhayn“ bekannt gewordenen Maßnahme sollte der Ausschluss von Abgeordneten und deren Abführung durch die Polizei ermöglicht werden. Auf ein verabredetes Zeichen hin erhoben sich die Abgeordneten der Mehrheit und der Präsident Dawid von Abrahamowicz gab die ordnungsgemäße Annahme des Antrags bekannt. Die anderen Abgeordneten, die nichts von diesem Plan wussten, erfuhren erst aus dem Stenographischen Protokoll und aus Zeitungsberichten von diesem Beschluss. Dieser war aber, das mussten auch seine Unterstützer zugeben, geschäftsordnungswidrig zustande gekommen. Es war eine Scheinberatung und eine Scheinabstimmung. Kurz darauf kehrte das Abgeordnetenhaus wieder zu den rechtmäßig in Geltung stehenden Verfahrensregeln zurück. Die Funktionsprobleme der Parlamentskammer sollten freilich bis 1918 nicht gelöst werden.

Die Republik Österreich etablierte mit dem Bundes-Verfassungsgesetz 1920 ein sogenanntes „radikalparlamentarisches“ System: Das Parlament wurde in das Zentrum der Verfassung gestellt. Es wählte die Bundesregierung und – gemeinsam mit dem Bundesrat – auch den Bundespräsidenten. Vieles von der Geschäftsordnung des alten Abgeordnetenhauses wurde übernommen, aber zugleich wurden die Abläufe vereinfacht und klargestellt. 1929 wurde die Verfassung geändert und die Möglichkeiten des Nationalrates wurden wieder eingeschränkt. Obstruktion, wie sie noch die späte Monarchie dominiert hatte, war kaum mehr Thema im Parlament. Das lag aber wohl auch daran, dass sich die politischen Verhältnisse deutlich geändert hatten und dass sich Konflikte zunehmend auf die Straße verlagerten. Die Geschäftsordnung selbst wies weiterhin Lücken und Funktionsprobleme auf. Diese traten besonders deutlich zutage, als im März 1933 alle drei Präsidenten des Nationalrates zurücktraten und niemand mehr da war, um den Nationalrat wieder einzuberufen. Die Bundesregierung stellte fest, dass sich der Nationalrat „selbst ausgeschaltet" hätte, und begann, die Republik in eine Kanzlerdiktatur, den sogenannten Ständestaat, umzubauen.

Nach 1945 wurde der Nationalrat lange von zwei großen Parteien, der SPÖ und der ÖVP, dominiert. Die FPÖ verfügte als dritte Parlamentspartei bis 1986 nur über sehr wenige Mandate. Das Verfahrensrecht und die Abläufe im Nationalrat wurden an diese Situation angepasst. 1961 und 1975 wurde die Geschäftsordnung grundsätzlich überarbeitet und modernisiert. Als die FPÖ bei den Nationalratswahlen 1986 deutlich an Mandaten gewann und die Grünen erstmals in den Nationalrat einzogen, wurde deutlich, dass dessen Mechanismen nur sehr bedingt darauf vorbereitet waren. Die Inanspruchnahme der, wenn auch eingeschränkten, parlamentarischen Rechte und Möglichkeiten führte zu Verzögerungen, ineffizienten Vorgehensweisen und eingeschränkter Planbarkeit parlamentarischer Abläufe.[3] In den Auseinandersetzungen über das Tropenholzgesetz kam es 1993 zu einer Grundsatzdebatte über den Parlamentarismus in Österreich. Die Grünen wollten die Abstimmung über dieses Gesetz wenn nicht verhindern, dann zumindest verzögern. Am 10. März sprach die Abgeordnete Marijana Grandits zuerst mehr als fünf Stunden zu diesem Punkt, ihr folgte die Abgeordnete Madeleine Petrovic mit einer mehr als zehnstündigen Rede bis in die frühen Morgenstunden des 11. März. Dann kam eine dringliche Anfrage zum Aufruf, die von der Abgeordneten Monika Langthaler mit einer mehr als fünfstündigen Rede eingeleitet wurde. Am Schluss folgten noch 16 Anträge auf Einsetzung von Untersuchungsausschüssen. Dieser Redemarathon führte schließlich zu Fragen des Umgangs mit der Opposition und dem Stellenwert des Parlaments in Österreich.[4] Das Vorgehen der Grünen wurde von den anderen Parteien scharf kritisiert, es bewirkte aber die rasche Einigung auf eine Geschäftsordnungsreform. Die Redezeitverteilung wurde neu geregelt und es wurde eine maximale Redezeit eingeführt. Zugleich wurden die Minderheitsrechte neu gefasst.

In den darauffolgenden Jahren griffen Abgeordnete der Grünen, aber auch der SPÖ immer wieder zum Mittel langer Reden. Das erfolgte jedoch in den Ausschüssen, weil dort keine grundsätzliche Beschränkung der Redezeit besteht. Solche Reden wurden eingesetzt, um gegen Maßnahmen der Bundesregierung, die Weigerung, Auskunftspersonen zu laden, oder die verspätete Vorlage des Budgets zu protestieren.[5] Ganz anders ging die FPÖ 2012 im Kärntner Landtag vor: Sie verhinderte von Juli bis Dezember die Abstimmung über die Auflösung des Landtags und die Durchführung von Neuwahlen, indem ihre Abgeordneten jedes Mal vor der Abstimmung den Sitzungssaal verließen. Damit war die für einen gültigen Beschluss erforderliche Anzahl von Abgeordneten nicht anwesend und die Abstimmung konnte nicht stattfinden.[6]

Die Beispiele aus über 100 Jahren zeigen, dass Obstruktion in sehr unterschiedlichen Zusammenhängen erfolgen kann. Sie kann mit den in der Geschäftsordnung vorgesehenen Instrumenten erfolgen und so ein Mittel sein, um auf Missstände hinzuweisen oder erstarrte Strukturen infrage zu stellen. Unter diesem Gesichtspunkt kann sie für Minderheiten eine – meist letzte – Möglichkeit darstellen, auch auf Gefährdungen von Demokratie und Parlamentarismus hinzuweisen. Auf der anderen Seite kann Obstruktion – sei es durch den Einsatz von Verfahrensregeln oder sonstige Störungen – auch ein Mittel sein, um demokratische Verfahren grundsätzlich infrage zu stellen, lächerlich zu machen oder gar zu zerstören. Die Beurteilung, wie weit man jeweils gehen kann, ist schwierig und bedarf genauer Begründungen und Erklärungen.[7] In unserem parlamentarischen System können solche Situationen letztlich nur durch die Bereitschaft, gemeinsam nach angemessenen und gerechten Lösungen zu suchen, geklärt werden. Es gibt kein Gericht, das zuständig wäre, über solche Fragen zu entscheiden. Es braucht also eine politische Lösung und den Willen zur Zusammenarbeit im Sinne der demokratischen Verfassung.

3 Günther Schefbeck, Der Nationalrat zwischen Rechtsetzungsorgan und Tribüne. Die Geschäftsordnungsnovelle 1996 in rechtspolitischer Perspektive, in: Journal für Rechtspolitik, 5 (1997), 1, 117–135, 118–122.

4 Die lange Nacht im Hohen Haus, Parlamentskorrespondenz, Nr. 156, 12. März 2007.

5 Parlamentskorrespondenz, Nr. 1040, 17. Dezember 2010.

6 Thomas Kröll, Der „Auszug" aus dem Kärntner Landtag – „demokratisches Recht" oder Rechtsbruch des Abgeordneten?, in: Zeitschrift für Verwaltung 2012/6, 933–936.

7 Siehe dazu aus US-amerikanischer Perspektive Tom Donnelly/Jeffrey Rossen, Political Polarization killed the Filibuster, in: The Atlantic, 8. April 2017.

Reichsratsgebäude (Parlament), 1902

Antisemitismus im Wien des Fin de Siècle. Mark Twains Reflexionen

Matthias Falter und Saskia Stachowitsch

Der moderne Antisemitismus entstand im 19. Jahrhundert und war ein gesamteuropäisches Phänomen.[1] Ein Zentrum antisemitischer Politik war dabei die Habsburgermonarchie und insbesondere Wien. Aufbauend auf der jahrhundertelangen Tradition des christlichen Antijudaismus werden Juden und Jüdinnen im Antisemitismus als vermeintlich Verantwortliche für gesellschaftliche Verhältnisse und soziale Veränderungen gesehen und damit verbunden als „Schuldige" diskriminiert, ausgeschlossen und verfolgt. Komplexe Zusammenhänge moderner Gesellschaft werden dabei auf Schwarz-Weiß-Denkmuster und einen Wir-sie-Gegensatz reduziert.[2] Der Psychoanalytiker Ernst Simmel, der 1934 vor den Nationalsozialisten fliehen musste, schrieb diesbezüglich über den Antisemitismus: „Der Antisemitismus haßt den Juden, weil er glaubt, daß der Jude an seinem Unglück schuld ist. Er verfolgt den Juden, weil er sich von ihm verfolgt fühlt."[3] Abgetrennt von konkreter Erfahrung macht antisemitisches Denken Juden und Jüdinnen kollektiv für unterschiedlichste gesellschaftliche Tendenzen und Phänomene, für Kapitalismus und Sozialismus, Liberalismus und Kommunismus, moderne Kunst und Säkularisierung verantwortlich.

Antisemitismus war eng mit antidemokratischer Politik verbunden[4], wie die späte Habsburgermonarchie zeigt, die von einem widersprüchlichen Nebeneinander von traditionellen sozialen und ökonomischen Strukturen einerseits und Modernisierungsversuchen andererseits geprägt war. Dies zeigte sich auch in der Entwicklung des österreichischen Parlamentarismus, der durch „Verspätungen, Rückschläge und wiederholte Misserfolge"[5] gekennzeichnet war. Dem Herrenhaus als feudale Erste Kammer stand dabei das zunächst von den Landtagen beschickte und ab 1873 durch Wahlen bestellte Abgeordnetenhaus gegenüber. Bis zum Ende der Monarchie blieb der Parlamentarismus in der Habsburgermonarchie jedoch ein „Halbparlamentarismus"[6], da die Regierung dem Parlament nicht politisch verantwortlich war und der Kaiser vermittels eines Notverordnungsrechts am Parlament vorbeiregieren konnte. Zu diesem halbparlamentarischen Charakter kam eine massive Einschränkung demokratischer Partizipation durch das Kurienwahlrecht, welches Besitzende begünstigte und erst nach und nach aufgrund zunehmenden Legitimationszwangs geöffnet und schließlich 1907 durch ein allgemeines und gleiches Männerwahlrecht ersetzt wurde.

Dennoch war das Abgeordnetenhaus der Habsburgermonarchie als „öffentliche Tribüne"[7] ein zentraler Ort, an dem soziale und politische Konflikte ausgetragen und verhandelt wurden, wie sie auch in Mark Twains Berichten sichtbar werden. Die Analyse parlamentarischer Debatten gibt Aufschluss über gesellschaftliche Veränderungen und damit verbundene Krisen und Konflikte. Das Abgeordnetenhaus der Habsburgermonarchie war dabei nicht nur Raum jüdischer politischer Emanzipation und Partizipation, sondern, wie zentrale Plenardebatten zeigen, auch der Verbreitung und Allgegenwart von Antisemitismus in der österreichischen Gesellschaft der Jahrhundertwende.[8] Dadurch wurden aber auch Gegenstrategien von jüdischen und nichtantisemitischen politischen Akteuren deutlich.

Ab Mitte der 1880er-Jahre kam es zu einer kontinuierlichen Zunahme antisemitischer Äußerungen und einer Radikalisierung der Sprache im Abgeordnetenhaus. Während die grundlegenden Inhalte und Bilder antisemitischer Rhetorik im Laufe der Zeit relativ unverändert blieben, änderten sich die jeweiligen Akteure sowie Vehemenz und Häufigkeit antisemitischer Anfeindungen.

Der Aufstieg des Antisemitismus im Abgeordnetenhaus wurde vom kontinuierlichen Machtverlust der Liberalen und dem Aufstieg klerikal-konservativer und schließlich explizit antisemitischer Kräfte begleitet. Vor dem Hintergrund ökonomischer Krisen und gesellschaftlicher Modernisierung wurden Juden und Jüdinnen mit Liberalismus und Kapitalismus, später auch mit Sozialismus,

1 Hannah Arendt, Elemente und Ursprünge totaler Herrschaft. Antisemitismus, Imperialismus, totale Herrschaft, 8. Auflage, München 2001, 98.

2 Vgl. Jean-Paul Sartre, Überlegungen zur Judenfrage, Reinbek 1994, 28.

3 Ernst Simmel, Einleitung, in: Ders. (Hg.), Antisemitismus, Frankfurt am Main 2002, 12–19, 15.

4 Johann Dvořák, Politik und die Kultur der Moderne in der späten Habsburger Monarchie. Innsbruck 1997, 212.

5 Peter Gerlich, Zum Begriff des Parlaments in Österreich, in: Herbert Schambeck (Hg.), Österreichs Parlamentarismus. Wesen und System, Berlin 1986, 21–33, 31.

6 Rainer Nick/Anton Pelinka, Parlamentarismus in Österreich, Wien 1984, 9.

7 Ernst Friesenhahn, Parlament und Regierung im modernen Staat, in: Kurt Kluxen (Hg.), Parlamentarismus, Köln–Berlin 1967, 307–319, 307.

8 Saskia Stachowitsch/Eva Kreisky (Hg.), Jüdische Identitäten und antisemitische Politiken im österreichischen Parlament 1861–1933, Wien–Köln–Weimar 2017.

Marxismus sowie moderner Kultur identifiziert. Mit dem Verlust der liberalen Hegemonie und dem Auftreten neuer politischer Parteien im Abgeordnetenhaus begann der Antisemitismus im parlamentarischen Kontext Fuß zu fassen. Während beispielsweise antisemitische Abgeordnete zu Beginn die Verhandlungen vor allem durch Zwischenrufe zu stören oder zu beeinflussen versuchten, kam es ab den späten 1880er-Jahren schließlich zu einer „Normalisierung" des Antisemitismus. Zahlreiche Politikfelder und Konflikte wurden dabei mit der sogenannten „Judenfrage" verknüpft und somit antisemitisch aufgeladen. Diese Veränderungen wurden nicht zuletzt in der Diskussionskultur im Abgeordnetenhaus selbst deutlich. Waren zuvor meist ganze Fraktionen, wie etwa die Liberalen, durch den Verweis auf ihre jüdischen Mitglieder diffamiert worden, so häuften sich später die direkten persönlichen Angriffe auf einzelne jüdische Abgeordnete.

Zentrale Protagonisten dieser Radikalisierung des Antisemitismus waren insbesondere deutschnationale Abgeordnete, darunter Georg von Schönerer, die den politischen und wirtschaftlichen Zusammenschluss des deutschsprachigen Teils der Habsburgermonarchie mit dem Deutschen Reich forderten. Zugleich verlangten sie, begründet mit biologistischen und rassistischen Argumenten, den gesellschaftlichen Ausschluss und die Vertreibung von Juden und Jüdinnen. Diese antisemitische Fixierung fand schließlich in der Konstruktion einer sogenannten „Judenfrage" Niederschlag, die sämtliche Politikfelder von der Gewerbe- bis zur Hochschulpolitik umfasste und auch die Forderung nach Aberkennung des Wahlrechts für Juden beinhaltete.

Gemessen an der Zahl der Mandate, stellten die Christlichsozialen die wirkmächtigste und größte antisemitische politische Strömung in den letzten drei Jahrzehnten der Habsburgermonarchie und darüber hinaus dar. Nicht zuletzt durch die Normalisierung in der mittelständischen Massenpartei der Christlichsozialen wurde Antisemitismus zum Bestandteil des politischen Alltags. Der christlichsoziale Antisemitismus war ein Konglomerat aus Rassenrhetorik, Antikapitalismus, Antiliberalismus und religiösem Antijudaismus, der auch in zunehmendem Maße gegen sozialdemokratische Abgeordnete gerichtet wurde. Nationalistische slawische Abgeordnete griffen vor allem in Debatten zur Nationalitätenfrage auf antisemitische Bilder zurück. Gleichzeitig war das Abgeordnetenhaus auch ein Ort jüdischer Politik, wie die Gegenreaktionen einzelner Parlamentarier und der wenige Jahre existierende „Jüdische Klub"[9] zeigten.

Antisemitische Abgeordnete konstruierten in den Debatten Bilder der Bedrohung durch Juden und Jüdinnen. Dies drückte sich beispielsweise im antisemitischen Stereotyp des „reichen Juden" aus, der nichtjüdische ArbeiterInnen ausbeuten würde. Begleitet wurde dies oft von der Konstruktion einer „jüdischen Weltverschwörung". Den Objekten des Hasses wurde dabei eine übermenschliche Macht zugeschrieben, internationale Ökonomie und Politik zu beherrschen und damit auch für Wirtschaftskrisen und soziale Veränderungen verantwortlich zu sein. Gleichzeitig wurde von antisemitischer Seite mittels rassistischer und biologistischer Argumente eine Bedrohung durch jüdische Hausierer, Flüchtlinge oder sogenannte „Ostjuden" imaginiert. Antisemitismus war in den politischen Auseinandersetzungen im Abgeordnetenhaus nicht nur ideologische Erklärung gesellschaftlicher Phänomene und Rechtfertigung für den gesellschaftlichen Ausschluss von Juden und Jüdinnen, sondern auch Mittel der Diffamierung der jeweiligen politischen Gegner. Je nach konkreten Konfliktlinien wurde Antisemitismus dabei als Strategie der Abgrenzung gegenüber Liberalismus und Sozialdemokratie wie auch gegenüber anderen Nationalitäten eingesetzt. Die soziale und kulturelle Modernisierung, die Emanzipation der Frauen, Intellektualität und Urbanität waren ebenfalls Gegenstand antisemitischer Angriffe. Antisemitismus erwies sich hierbei oftmals als „einigendes Band"[10], das unterschiedliche politische Richtungen, von deutschnationalen über konservative slawische bis hin zu christlichsozialen Abgeordneten, vereinte.

Besonders deutlich wurde die Hegemonie des Antisemitismus in der Gesellschaft der Habsburgermonarchie in den Debatten über Nationalitätenkonflikte und die Sprachenfrage. Vonseiten deutschnationaler Abgeordneter wurden Juden und Jüdinnen als „gemeinsamer Feind" aller Nationen imaginiert und teilweise mit Bezug auf Gewalt- und Vernichtungsphantasien die Verbündung mit „den Slawen" gegen „die Juden" gefordert. An anderer Stelle jedoch wurde nicht-deutschen Nationalitäten eine Koalition mit „den Juden" vorgeworfen. Vonseiten tschechischer Abgeordneter wurden Juden und Jüdinnen im Zuge des Nationalitätenkonflikts mit der deutschsprachigen Bürokratie und Regierungsmacht identifiziert

9 Matthias Falter/Saskia Stachowitsch, „Denn für uns Juden erhebt sich keine Stimme." Parlamentarische Praxis des Jüdischen Klubs im Abgeordnetenhaus von 1907 bis 1911, in: Chilufim. Zeitschrift für Jüdische Kulturgeschichte, 7 (2009), 43–66.

10 Peter G. J. Pulzer, Die Entstehung des politischen Antisemitismus in Deutschland und Österreich 1867–1914, Göttingen 1966, 177.

und als „nationale Verräter" denunziert. Einige ruthenische Abgeordnete identifizierten die jüdische Bevölkerung manchmal in ähnlicher Weise mit der polnischen Hegemonie in Galizien.

Nationalitätenkonflikte und Sprachenpolitik waren auch zentraler Gegenstand jener Debatte 1897, über die Mark Twain in „Stirring Times in Austria" berichtete. Twain skizzierte dabei nicht nur den Verlauf der Debatte und die einzelnen Akteure und Positionen, sondern beleuchtete für die amerikanischen LeserInnen auch die Grenzen demokratischer Politik in der Habsburgermonarchie, mangelnde politische Verantwortlichkeit der Regierung und die tägliche Zensur der Medien. Der Artikel liefert vor allem erhellende Einblicke in die politische Kultur der Habsburgermonarchie, in der antisemitische und rassistische Sprache offen Teil des politischen Alltags war. Durch Obstruktionsreden und das Lärmen während der Sitzungen verunmöglichten Abgeordnete die Diskussion und teilweise Abstimmungen. Verstärkt wurde die Krise des politischen Systems durch die repressiven Gegenreaktionen der Regierung. Den Polizeieinsatz gegen die gewählten Volksvertreter im Parlament zur Verhinderung einer weiteren Debatte bezeichnete Mark Twain als „Invasion von roher Gewalt".[11]

Die aus unterschiedlichsten Gesellschaftsschichten kommenden Abgeordneten würden sich, so Twain, in einem Aspekt gleichen: „(A)lle hassen sie die Juden."[12] Die Beobachtung im Abgeordnetenhaus bewegte Mark Twain auch zu seinem wenig später veröffentlichten Essay „Concerning the Jews".[13] Dieser spiegelt, wie viele andere zeitgenössische Beobachtungen, trotz vieler richtiger Aspekte eine relative Hilflosigkeit gegenüber dem Antisemitismus wider, da er nach einem objektiven, faktischen Grund für die Judenfeindschaft suchte und damit den TrägerInnen von Antisemitismus gewissermaßen einen vernünftigen Grund für ihren Hass zuschrieb. Damit wurde die Faktenresistenz des Antisemitismus jedoch unterschätzt, der eben erst durch Imaginationen funktioniert. Außerdem waren die Ausgangspositionen der Argumente von Twain gegen Antisemitismus teilweise selbst schon antisemitischen Annahmen geschuldet, etwa wenn er Juden und Jüdinnen unvermittelt mit Reichtum assoziiert. Auch sein Bild von Juden und Jüdinnen als „apolitisch" entspricht nicht den historischen Tatsachen. Während in den ersten beiden Jahrzehnten des Abgeordnetenhauses antisemitische Argumente großteils ignoriert wurden, entwickelten jüdische Abgeordnete zunehmend eine breite Palette an inhaltlichen und rhetorischen Strategien gegen antisemitische Tendenzen. Bereits

1883 wurde mit dem Rabbiner Josef Samuel Bloch ein engagierter Kämpfer gegen Antisemitismus in das Abgeordnetenhaus gewählt. Vor allem mit dem Erstarken der jüdischnationalen und zionistischen Bewegung im Parlament setzte ein verstärktes Auftreten gegen Antisemitismus ein, dem sich zunehmend auch jüdische Liberale und Sozialdemokraten anschlossen. Über Parteigrenzen hinweg wurden dabei oftmals antisemitische Vorfälle und Publikationen im Abgeordnetenhaus thematisiert und skandalisiert.

Antisemitismus blieb bis zum Ende der Monarchie und darüber hinaus im Kontext des österreichischen Parlamentarismus ein wirkmächtiges Deutungsmuster sozialer Konflikte, das die politische Praxis unterschiedlicher Akteure prägte und zentraler Bestandteil des jeweiligen politischen Programms war. Twains Bericht aus dem Abgeordnetenhaus der Habsburgermonarchie dokumentiert eine politische Kultur, in der Antisemitismus zum Alltag gehörte. Sein Essay „Concerning the Jews“ spiegelt den gut gemeinten, aber letztlich zu kurz greifenden Versuch der Entkräftung antisemitischer Ressentiments wider.

11 Siehe dazu Text „Bewegte Zeiten in Österreich“ von Mark Twain in diesem Band, 52.

12 Ebd., 35.

13 Mark Twain, Concerning the Jews, in: Harper's Magazine, New York March 1898, 527–535.

Reichsratsgebäude (Parlament), Restaurant, um 1890

Biografische Daten zu den in Mark Twains Reportagen erwähnten Politikern[1]

Dawid Ritter von Abrahamowicz

geb. am 30. Juni 1839 in Targowica Polna, Galizien
gest. am 24. Dezember 1926 in Lemberg/Lwiw, Galizien

Sohn einer Unternehmer- und Agrarierfamilie. Frühes politisches Engagement, 1875 bis 1914 Mitglied des Galizischen Landtags. 1881 bis 1918 mit Unterbrechungen Mitglied des Abgeordnetenhauses. 1893 bis 1897 Vizepräsident und 1897 Präsident des Abgeordnetenhauses. 1907 bis 1909 Minister ohne Portefeuille. Ab 1919 Mitglied des polnischen Sejms. 1922 Rückzug aus der Politik.

Kasimir Felix Graf Badeni

geb. am 14. Oktober 1846 in Surochów, Galizien
gest. am 9. Juli 1909 in Krasne bei Bustz, Galizien

Studium der Rechtswissenschaften in Krakau, danach Eintritt in den Staatsdienst. 1888 Ernennung zum Statthalter des Königreichs Galizien und Lodomerien. Ab 1895 Ministerpräsident. Als solcher führte er eine Wahlrechtsreform durch, die eine neue, allgemeine Wählerklasse etablierte, wodurch 1897 erstmals auch Sozialdemokraten in den Reichsrat einziehen konnten. Badenis nächstes Reformvorhaben, die Sprachreform, scheiterte jedoch am erbitterten Widerstand rechter und deutschnationaler Kräfte. Im November 1897 Rücktritt als Ministerpräsident und in Folge Rückzug aus der Politik.

1 Die biografischen Angaben beruhen u. a. auf: Franz Adlgasser, Die Mitglieder der österreichischen Zentralparlamente 1848–1918. Konstituierender Reichstag 1848–1849. Reichsrat 1861–1918. Ein biographisches Lexikon (= Studien zur Geschichte der österreichisch-ungarischen Monarchie, 33), 2 Bände, Wien 2014, sowie der Online-Ausgabe „Österreichisches Biographisches Lexikon ab 1815", http://www.biographien.ac.at/oebl?frames=yes.

Hermann Bielohlawek

geb. am 12. Juni 1861 in Wien
gest. am 30. Juni 1918 in Wien

Tätigkeit als Gemischtwarenhändler, später Journalist (u. a. *Wiener Kaufmännische Blätter*, ab 1898 Herausgeber des *Wiener Volksblatt*, ab 1900 der *Österreichischen Volkspresse*). 1897 bis 1911 mit Unterbrechungen Mitglied des Abgeordnetenhauses, 1900 bis 1918 mit Unterbrechungen Wiener Gemeinderat und 1901 bis 1905 Stadtrat. 1902 bis 1918 Mitglied des Niederösterreichischen Landtags.

Julius Graf von Falkenhayn

geb. am 20. Februar 1829 in Wien
gest. am 12. Januar 1899 in Wien

Eintritt in die Armee (Vater Kavalleriegeneral), Aufstieg bis zum Rittmeister (nach anderen Quellen Major). Nach dem Ausscheiden aus der Armee landwirtschaftlicher Betrieb im Salzkammergut. 1867 Wahl in den Oberösterreichischen Landtag, 1871 für einige Monate Landeshauptmann von Oberösterreich. 1879 bis 1895 Ackerbauminister. Zwischen 1879 und 1899 Mitglied des Abgeordnetenhauses, 1893 bis 1897 Vizepräsident. Die Verwerfung seiner ursprünglich angenommenen Initiative zur Sanktionierung von Abgeordneten (Lex Falkenhayn) war Anlass für seinen Rückzug aus der Politik.

Victor Freiherr von Fuchs

geb. am 25. Oktober 1840 in Wien
gest. am 29. September 1921 in Hall in Tirol

Studium der Rechtswissenschaften, ab 1872 eigene Kanzlei. 1878 Übersiedlung nach Salzburg. 1878 bis 1918 Salzburger Landtagsabgeordneter, 1879 bis 1918 Mitglied des Abgeordnetenhauses im Reichsrat. 1897 Vizepräsident, 1898 Präsident des Hohen Hauses, auch in den Sessionen 1898/99, 1899/1900 und 1911. Im Mai

1917 nach Wiedereröffnung des Abgeordnetenhauses Alterspräsident. Mitglied der Provisorischen Nationalversammlung 1918/1919. 1920 Berufung zum Mitglied des Verfassungsgerichtshofs.

Albert Gessmann

geb. am 18. Januar 1852 in Wien
gest. am 7. Juli 1920 in Prein bei Reichenau

Sohn einer Bürgerfamilie, Studium der Geschichte und Geografie. Beamter im Kriegsarchiv, später an der Wiener Universitätsbibliothek tätig. 1894 Mitgründer der Tageszeitung *Reichspost*. 1882 bis 1888 und 1893 bis 1911 Wiener Gemeinderat, Mitbegründer der Christlichsozialen Partei. 1891 Einzug in das Abgeordnetenhaus (bis 1911). Ab 1896 bis 1911 auch Mitglied des Niederösterreichischen Landtags. Von 1907 bis 1908 Minister, zunächst ohne Portefeuille, später für öffentliche Arbeiten. 1917 Ernennung zum Mitglied des Herrenhauses.

Adolf Glöckner

geb. am 16. Juli 1850 in Neustadt an der Tafelfichte/Nové Mȩ̌sto pod Smrkem, Böhmen
gest. am 14. März 1936 in Neustadt an der Tafelfichte

Unternehmer für Stahlwaren. Mitte der 1880er-Jahre Stadtrat in seinem Heimatort, später Bürgermeister. 1895 Einzug in den Böhmischen Landtag, 1897 Mitglied des Abgeordnetenhauses. 1907 Mandatsverlust, 1910 Wiedereinzug, bis 1918 im Reichsrat. 1913 Ausscheiden aus dem Böhmischen Landtag. Mitglied der Provisorischen Nationalversammlung 1918/1919. Fortsetzung der politischen Tätigkeit nach 1918 auf kommunaler Ebene.

Josef Gregorig

geb. am 27. April 1846 in Bisamberg
gest. am 2. Juli 1909 in Maria Enzersdorf

Inhaber eines Geschäfts für Herrenbekleidung auf der Mariahilfer Straße. 1889 bis 1908 Wiener Gemeinderat, 1890 bis 1908 Mitglied des Niederösterreichischen Landtags. 1897 bis 1900 Mitglied des Abgeordnetenhauses. Später Mitbegründer und langjähriger Vorsitzender des Bundes der Antisemiten.

Vojtěch Holanský

geb. am 29. September 1859 in Budweis/České Budějovice, Böhmen
gest. am 26. Mai 1931 in Budweis

Gastwirt in der Schenke Zum Schwarzen Ochsen (auch Bei Holanský genannt). Engagement bei der lokalen Handelskammer und in der Partei der Jungtschechen. Ab 1897 zehn Jahre lang im Abgeordnetenhaus, 1901 bis 1907 auch Mitglied des Böhmischen Landtags. 1907 Ende des politischen Engagements.

Karl Iro

geb. am 25. September 1861 in Eger/Cheb, Böhmen
gest. am 12. Oktober 1934 in Wien

Ab 1889 bis 1915 Herausgeber der Zeitschrift *Unverfälschte Deutsche Worte*, zu der auch Georg Ritter von Schönerer enge Beziehungen pflegte. Ab 1891 Herausgabe eines *Deutschnationalen Kalenders* (später unter anderem Namen weitergeführt) und Arbeit als Redakteur beim *Alldeutschen Tagblatt*. Enger Mitarbeiter Schönerers. 1889 Obmann des „Deutschen Volksvereins" in Wien, 1890 bis 1895 stellvertretender Obmann. 1895 Wahl in den Böhmischen Landtag, 1897 Mitglied des Abgeordnetenhauses, Rücktritt schon im Oktober 1897. (Er nahm daher nicht an der von Mark Twain beschriebenen Sitzung als Abgeordneter teil.) Von 1898 bis 1918 wieder im Abgeordnetenhaus. 1913 Ausscheiden aus dem böhmischen Landtag. Mitglied der Provisorischen Nationalversammlung 1918/1919.

Gregor Kletzenbauer

geb. am 10. März 1855 in Hablesreith/Havlov, Böhmen
gest. am 24. März 1923 in Muscherad/Močerady, Böhmen

Besuch der Gemeindeschule, Landwirt, 1874 Übernahme des väterlichen Hofes. Engagement für die christlichsoziale Bewegung, 1891 erste aber erfolglose Kandidatur für das Abgeordnetenhaus. 1895 bis 1913 Mitglied des Böhmischen Landtags. 1897 bis 1900 Mitglied des Abgeordnetenhauses. Wechsel zu den Deutschnationalen, für diese 1907 bis 1918 im Abgeordnetenhaus. Rückzug aus der Politik mit dem Ende der Monarchie.

Karel Kramář

geb. am 27. Dezember 1860 in Hochstadt an der Iser/Vysoké nad Jizerou, Böhmen
gest. am 26. Mai 1937 in Prag

Studium der Rechtswissenschaften. Schriftstellerische Tätigkeit, Gründung u. a. der Zeitschrift Čas. Engagement für die Jungtschechen. 1891 bis 1916 Mitglied des Abgeordnetenhauses. 1894 bis 1913 Mitglied des Böhmischen Landtags. April 1897 Zweiter, November Erster Vizepräsident des Abgeordnetenhauses. Im Ersten Weltkrieg scharfer Kritiker der Habsburgermonarchie, Eintreten für die Unabhängigkeit der Tschechen und Slowaken. Verhaftung im Mai 1915, Anklage wegen Hochverrats und 1916 Verurteilung zum Tode. 1917 im Zuge einer kaiserlichen Amnestie entlassen, Wiederaufnahme der politischen Aktivitäten. Sommer 1918 Wahl zum Vorsitzenden des Nationalausschusses durch die tschechischen Abgeordneten im Reichsrat. Nach Proklamation der unabhängigen Tschechoslowakei im Oktober 1918 erster Regierungschef des neuen Staats, Teilnahme an den Pariser Friedensverhandlungen. Nach erfolgloser Kandidatur bei den ersten tschechischen Wahlen im Juni 1919 Rücktritt als Ministerpräsident. Weiterhin politisches Engagement.

Ferdinand Kronawetter

geb. am 26. Februar 1838 in Wien
gest. am 30. Januar 1913 in Pottschach, Gemeinde Ternitz

Studium der Rechtswissenschaften, Promotion 1862. Ab 1860 beim Magistrat der Stadt Wien beschäftigt. 1873 Wahl in den Reichsrat, 1879 Wiederwahl, 1882 Verfehlen der notwendigen Stimmen für ein neuerliches Mandat im Abgeordnetenhaus. 1885 erneuter Einzug als Abgeordneter in den Reichsrat. Enge Zusammenarbeit mit Engelbert Pernerstorfer, Engagement für die Arbeiterschaft, für Grund- und Menschenrechte, gegen Antisemitismus. 1896 bis 1902 Abgeordneter zum Niederösterreichischen Landtag. 1900 Rückzug aus der Politik.

Hynek Lang

geb. am 1. Mai 1847 in Tabor/Tábor, Böhmen
gest. am 5. Oktober 1926 in Tabor

Studium der Rechtswissenschaften und Promotion 1876. Ab 1878 eigene Anwaltskanzlei. 1889 Wahl in den Böhmischen Landtag (bis 1895). Mitglied der jungtschechischen Bewegung. Herausgeber der Zeitschrift *Žižka. Česko-moravský vojenský týdenník (Böhmisch-mährisches militärisches Wochenblatt)*. 1891 bis 1907 Mitglied des Abgeordnetenhauses. Ab 1907 Rückzug aus der Politik.

Otto Lecher

geb. am 6. Januar 1860 in Wien
gest. am 20. Januar 1939 in Leopoldsdorf bei Wien

Sohn des späteren Herausgebers der *Neuen Freien Presse,* Zacharias Konrad Lecher. Studium der Rechtswissenschaften, Promotion 1885. Tätigkeit bei der Handels- und Gewerbekammer Brünn, ab 1889 Sekretär derselben. Ab 1897 im Abgeordnetenhaus (Vertreter der Deutschnationalen Brünns), Gegner der Badenischen Reformen. In diesem Zusammenhang berühmte zwölfstündige Rede in der Nacht vom 28. auf den 29. Oktober 1897. 1906 Versetzung in den

Ruhestand. Bis zum Ende der Monarchie Mitglied des Abgeordnetenhauses. Mitglied der Provisorischen Nationalversammlung 1918/1919, danach Rückzug aus der Politik.

Karl Lueger

geb. am 24. Oktober 1844 in Wien
gest. am 10. März 1910 in Wien

Studium der Rechtswissenschaften, Promotion 1870. Eigene Kanzlei, „Anwalt der kleinen Leute". 1875 Wahl in den Wiener Gemeinderat, 1893 bis 1895 Stadtrat, danach Vizebürgermeister, ab 1897 bis zu seinem Tod Bürgermeister der Stadt Wien. Obwohl seine Bewegung die Wahlen mehrfach gewonnen hatte, verweigerte Kaiser Franz Joseph Luegers Ernennung zum Bürgermeister. Gründervater der christlichsozialen Bewegung in Österreich. Ab 1885 bis 1910 Mitglied des Abgeordnetenhauses. 1890 bis 1910 Mitglied des Niederösterreichischen Landtags.

Rudolf Mayreder

geb. am 5. März 1864 in Wien
gest. am 30. Mai 1937 in Wien

1883 bis 1888 Studium der Rechtswissenschaften, Promotion 1888. 1884 bis 1890 Studium des Bauingenieurwesens. Zivilingenieur für Bauwesen und Ingenieurkonsulent für Vermessungswesen. 1895 bis 1904 Mitglied des Wiener Gemeinderats. 1896 bis 1901 Wiener Stadtrat für technische Angelegenheiten (u. a. Ausbau und Kommunalisierung der Verkehrsanlagen, Elektrifizierung der Straßenbahn, Bau der städtischen Gas- und Elektrizitätswerke). 1897 bis 1907 Mitglied des Abgeordnetenhauses. 1913 bis 1918 Präsident, danach bis 1922 Vizepräsident der Ingenieurkammer für Wien und Niederösterreich. Schwager der Schriftstellerin Rosa Mayreder.

Robert Guido Pattai

geb. am 9. August 1846 in Graz
gest. am 30. September 1920 in Wien

Sohn des späteren Mitglieds des Frankfurter Parlaments 1848, Dr. Guido Pattai. Besuch der Technischen Hochschule, danach Studium der Rechtwissenschaften und Promotion 1872. 1876 bis 1903 Tätigkeit als Rechtsanwalt in Wien. 1885 bis 1911 Mitglied des Abgeordnetenhauses. 1899 bis 1918 Mitglied des Niederösterreichischen Landtags. 1903 bis 1920 Präsident der Niederösterreichisch-Steirischen Alpenbahn, ebenfalls bis 1920 Vizepräsident der Centralbank der deutschen Sparkassen in Wien. 1914 bis 1920 Präsident des Verbands der österreichischen Lokalbahnen und Kleinbahnen. Im März 1909 sowie von Oktober 1909 bis März 1911 Präsident des Abgeordnetenhauses. 1911 Ausscheiden aus dem Abgeordnetenhaus. 1917 Ernennung zum Mitglied des Herrenhauses.

Gustav Ritter von Pessler

geb. am 21. Januar 1861 in Linz
gest. am 21. September 1900 in Riedau, Oberösterreich

Studium der Rechtswissenschaften und Promotion 1884. Ab 1891 eigene Kanzlei in Schärding, ab 1893 in Linz. 1894 bis 1896 Herausgeber der Wochenzeitung *Linzer Montagspost*. 1897 bis 1900 Mitglied des Abgeordnetenhauses. Obmann des Deutschen Volksvereins für Oberösterreich. 1900 Wahl in den Linzer Gemeinderat.

Julius Prochazka

geb. am 20. November 1863 in Wien
gest. am 9. Mai 1916 in Wien

Sohn eines Armeeschneiders. Lehre als Kaufmann. Engagement für die christlichsoziale Bewegung. 1897 Einzug in das Abgeordnetenhaus. 1898 bis 1916 Vorstand (Direktor) des Wiener Städtischen Arbeits- und Dienstvermittlungsamts. 1902 Wahl in den Niederösterreichischen Landtag (bis 1916). 1911 Ausscheiden aus dem Reichsrat.

Josef Scheicher

geb. am 18. Februar 1842 in Lichtenhof, St. Stefan ob Stainz
gest. am 28. März 1924 in Wien

Sohn einer Bauernfamilie. Nach der Matura Eintritt in das Priesterseminar St. Pölten, Priesterweihe 1869. Ab 1872 Studium der katholischen Theologie in Wien, Promotion 1875. Ab 1875 Tätigkeit als Redakteur der katholischen Wochenzeitung *St. Pöltner Bote* (Vorläufer der heutigen *Niederösterreichischen Nachrichten*), 1879 Professor für Moraltheologie am Priesterseminar St. Pölten. 1890 bis 1918 Mitglied des Niederösterreichischen Landtags, 1894 bis 1918 Mitglied des Abgeordnetenhauses. Mitglied der Provisorischen Nationalversammlung 1918/1919, danach Rückzug aus der Politik.

Ernst Schneider

geb. am 19. Oktober 1850 in Wien
gest. am 17. Juli 1913 in Wien

Ab 1872 Geschäft mit astronomischen, geodätischen und physikalischen Präzisionsgeräten. Engagement für die christlichsoziale Bewegung. Diverse Funktionen in Vereinen und Genossenschaften. 1890 bis 1913 Mitglied des Niederösterreichischen Landtags. 1891 bis 1907 Mitglied des Abgeordnetenhauses.

Georg Ritter von Schönerer

geb. am 17. Juli 1842 in Wien
gest. am 14. August 1921 in Schloss Rosenau, Zwettl

Sohn eines Eisenbahnunternehmers. 1860 Erhebung des Vaters in den erblichen Ritterstand. Ab 1861 landwirtschaftliche Studien. Ab 1869 Verwaltung, ab 1881 Besitzer des Gutes Rosenau. 1873 Wahl zum Mitglied des Abgeordnetenhauses für die liberale Deutsche Fortschrittspartei, 1876 Parteiaustritt. 1879 Führer der Deutschnationalen Bewegung (der Alldeutschen) in Österreich. 1878 bis 1884 Mitglied des Niederösterreichischen Landtags. 1880 Gründungsmitglied des Deutschen Schulvereins (Austritt 1886, weil der Verein Juden die Mitgliedschaft gestattete). Anschließend Gründung des antisemitischen Schulvereins für Deutsche (1889 behördlich aufgelöst). 1888 Verurteilung zu einer viermonatigen Kerkerstrafe sowie fünf Jahre Verlust des Abgeordnetenmandats und des Adelstitels wegen Verwüstung der Redaktionsräume des *Neuen Wiener Tagblatt* aus Verärgerung über eine Falschmeldung. 1897 bis 1907 erneut Mitglied des Abgeordnetenhauses. 1881 Gründer und Mitherausgeber der Zeitschrift *Deutsche Worte* (ab 1883 *Unverfälschte Deutsche Worte*) und der Zeitungen *Alldeutsches Tagblatt* und *Grazer Wochenblatt*. Scharfer Kritiker der Sprachverordnungen von Ministerpräsident Badeni. 1901 Wahl von 21 Abgeordneten der Schönerer-Gruppe in den Reichsrat. Wenig später Zerfall der Alldeutschen Vereinigung aufgrund innerparteilichen Zwists. 1907 scheiterte Schönerer mit seiner Kandidatur.

Josef Strobach

geb. am 24. Dezember 1852 (nach Eigenangabe; Taufeintrag 23. Dezember 1852) in Wernstadt/Verneřice, Böhmen
gest. am 11. Mai 1905 in Wien

Postbeamter in Prag. 1872 Übersiedlung nach Wien. Engagement für die christlichsoziale Bewegung. Zunächst Buchhändler, 1878 Erwerb einer Buchbinderei. 1893 Wahl in den Wiener Gemeinderat, 1895 Wiener Stadtrat. 1896 bis 1897 Bürgermeister von Wien, nachdem Kaiser Franz Joseph den eigentlich in dieses Amt gewählten Karl Lueger abgelehnt hatte. 1897 wurde Lueger schließlich

Bürgermeister, Strobach Vizebürgermeister (bis 1905). Von 1897 bis 1905 Mitglied des Abgeordnetenhauses. 1896 bis 1905 Mitglied des Niederösterreichischen Landtags.

Johann Wohlmeyer

geb. am 14. September 1850 in St. Pölten
gest. am 8. März 1932 in St. Pölten

Sohn eines Bauunternehmers. Stadtbaumeister von St. Pölten (u. a. Bau der Herz-Jesu-Kirche und Umbau des Rathauses). Mitgründer des Christlich-Sozialen Vereins St. Pölten und Mitglied des St. Pöltner Gemeinderates. 1896 bis 1902 sowie 1909 bis 1918 Mitglied des Niederösterreichischen Landtags, 1897 Wahl in das Abgeordnetenhaus. Engagement als Obmann zahlreicher gewerblicher und landwirtschaftlicher Genossenschaften. 1906 Gründungsmitglied des Niederösterreichischen Bauernbunds. Mitglied der Provisorischen Nationalversammlung 1918/1919, danach Rückzug aus der Politik. Onkel des späteren Bundeskanzlers Julius Raab.

Karl Hermann Wolf

geb. am 27. Januar 1862 in Eger/Cheb, Böhmen
gest. am 11. Juni 1941 in Wien

Ab 1880 Studium der Philologie in Prag. Tätigkeit als Journalist (u.a. *Deutsche Wacht*, *Deutsche Volkszeitung*, *Deutsches Volksblatt*), Eintreten für das Deutschtum in der Habsburgermonarchie und die Ideen der Großdeutschen. 1890 mit Unterstützung Georg Schönerers Gründer und Herausgeber der *Ostdeutschen Rundschau* in Wien. 1897 bis 1913 mit Unterbrechungen Mitglied des Böhmischen Landtags. 1897 bis 1901 Mitglied des Abgeordnetenhauses. Einspruch gegen die Sprachverordnung von Ministerpräsident Badeni gemeinsam mit Schönerer und Anton Pergelt. Scharfe Angriffe gegen Ministerpräsident Badeni im Reichsrat und Vorwurf der „politischen Schufterei", daraufhin Aufforderung zum Duell. 25. September 1897 Pistolenduell zwischen Wolf und Badeni, Verletzung Badenis am Arm. 1902 Wiederwahl als Mitglied des Abgeordnetenhauses (bis 1918), Beitritt zur Schönerer-Gruppe (Alldeutsche Vereinigung).

Nach späterem Austritt aus der Schönerer-Gruppe Mitgründer der Freien Vereinigung Alldeutscher Abgeordneter. Vorstandsmitglied des 1909 gegründeten Deutschen Nationalverbands, einem Zusammenschluss des größten Teiles der deutschnationalen Mandatsträger. Mitglied der Provisorischen Nationalversammlung 1918/1919. 1923 Mitgründer und Obmann der Deutschnationalen Partei in Österreich, 1925 Mitglied der Nationalsozialistischen Deutschen Arbeiterpartei in Österreich.

AutorInnen
der Begleittexte

Hermann Beil, Dramaturg und Regisseur, hat an den großen Bühnen im deutschsprachigen Raum gewirkt, unter anderem am Burgtheater und bei den Salzburger Festspielen. 1995 erhielt er mit Claus Peymann den Berliner Theaterpreis, 1996 den Deutschen Kritikerpreis.

Dr.in phil. **Elisabeth Dietrich-Schulz**, Historikerin und Anglistin, Direktorin der Parlamentsbibliothek, österreichische Korrespondentin des Europäischen Zentrums für parlamentarische Wissenschaft und Dokumentation.

Mag. **Matthias Falter**, Politikwissenschafter, Lektor am Institut für Politikwissenschaft der Universität Wien, Preisträger des Wissenschaftspreises der Margaretha-Lupac-Stiftung 2011.

Mag. Dr. jur. **Christoph Konrath**, Jurist und Politikwissenschafter, Leiter der Abteilung „Parlamentswissenschaftliche Grundsatzarbeit" der Parlamentsdirektion.

Dr.in phil. Dr.in med. **Gabriele Melischek**, Konsulentin an der Österreichischen Akademie der Wissenschaften, Institut für vergleichende Medien- und Kommunikationsforschung.

Dr. **Andreas Pittler** ist Beamter der Parlamentsdirektion. Für seine Tätigkeit als Schriftsteller erhielt er 2006 das Silberne Ehrenzeichen für Verdienste um die Republik Österreich und wurde 2016 mit dem Berufstitel „Professor" ausgezeichnet.

Dr. phil. **Josef Seethaler**, Stellvertretender Direktor des Instituts für vergleichende Medien- und Kommunikationsforschung der Österreichischen Akademie der Wissenschaften.

Univ.-Prof.in Dr.in **Saskia Stachowitsch** ist Professorin für Internationale Politik am Institut für Politikwissenschaft der Universität Wien, wissenschaftliche Direktorin des oiip (Österreichisches Institut für Internationale Politik) und Elise Richter Research Fellow des FWF, Preisträgerin des Wissenschaftspreises der Margaretha-Lupac-Stiftung 2011.

ÜbersetzerInnen
der Texte von Mark Twain

Jacqueline Csuss, Übersetzerin von Belletristik mit Schwerpunkt Kinder- und Jugendliteratur (Österreichischer Kunstpreis 2010), Biografien und Sachbüchern aus dem Englischen.

Werner Richter, Übersetzer von Belletristik und Sachbüchern aus dem Englischen (Österreichischer Staatspreis für literarische Übersetzung 1993) sowie Lektor am Vienna Institute of Demography/Österreichische Akademie der Wissenschaften.

Impressum

—

Bibliografische Information der Deutschen Nationalbibliothek
Die Deutsche Nationalbibliothek verzeichnet diese Publikation in der Deutschen Nationalbibliografie, detaillierte bibliografische Daten sind im Internet über http://dnb.dnb.de abrufbar.

www.residenzverlag.at

Nachdruck 2018

Herausgegeben von der Parlamentsdirektion
Dr.-Karl-Renner-Ring 3, 1017 Wien
www.parlament.gv.at

Redaktion: Dr.in Ulrike Felber, Mag.a Susanne Roth

Die Übersetzung der Texte von Mark Twain basiert auf folgenden Originalvorlagen: Mark Twain, The man that corrupted Hadleyburg and other stories and sketches, London: Chatto & Windus, 1925, 296-336 (Bewegte Zeiten in Österreich). Mark Twain, in: Lords and Commons, London, 25 February 1899 (Das „parlamentarische System in Österreich"? Regieren mit Paragraph 14).

—

Abbildungen:
S. 8: © Parlamentsdirektion / Josef Wlha, S. 20: Zeichnung Rudolf von Alt © ÖNB, S. 29: © Parlamentsdirektion / Josef Wlha, S. 34: Zeichnung Rudolf von Alt © ÖNB, S. 38: © Parlamentsdirektion / Victor Angerer, S. 51: Zeichnung in „Das Interessante Blatt", 14.6.1900. © ÖNB, S. 54: © Parlamentsdirektion / August Stauda, S. 87: © Parlamentsdirektion, S. 96: Zeichnung Arthur Lajos Halmi © ÖNB, S. 104: © Parlamentsdirektion, S. 116: © ÖNB / Atelier Adèle, S. 121: © ÖNB, S. 122: © ÖNB, S. 130: © Parlamentsdirektion / August Stauda, S. 142: © Parlamentsdirektion, S. 150: © Parlamentsdirektion / August Stauda, S. 158: © Parlamentsdirektion / Victor Angerer, Umschlagbild: © ÖNB / Charles Scolik

—

Gestaltung: Bueronardin, Wien
Lektorat: Marie-Theres Pitner
Gesamtherstellung: Book Print, Manfred Kleisel, Mautern

ISBN 978-3-7017-3427-6

Umschlag:
Mark Twain sitzt der Bildhauerin Teresa Feodorowna Ries Modell, 1898.

Vor- und Nachsatz:
Pavonazzo-Marmor im Vestibül des Parlamentsgebäudes.

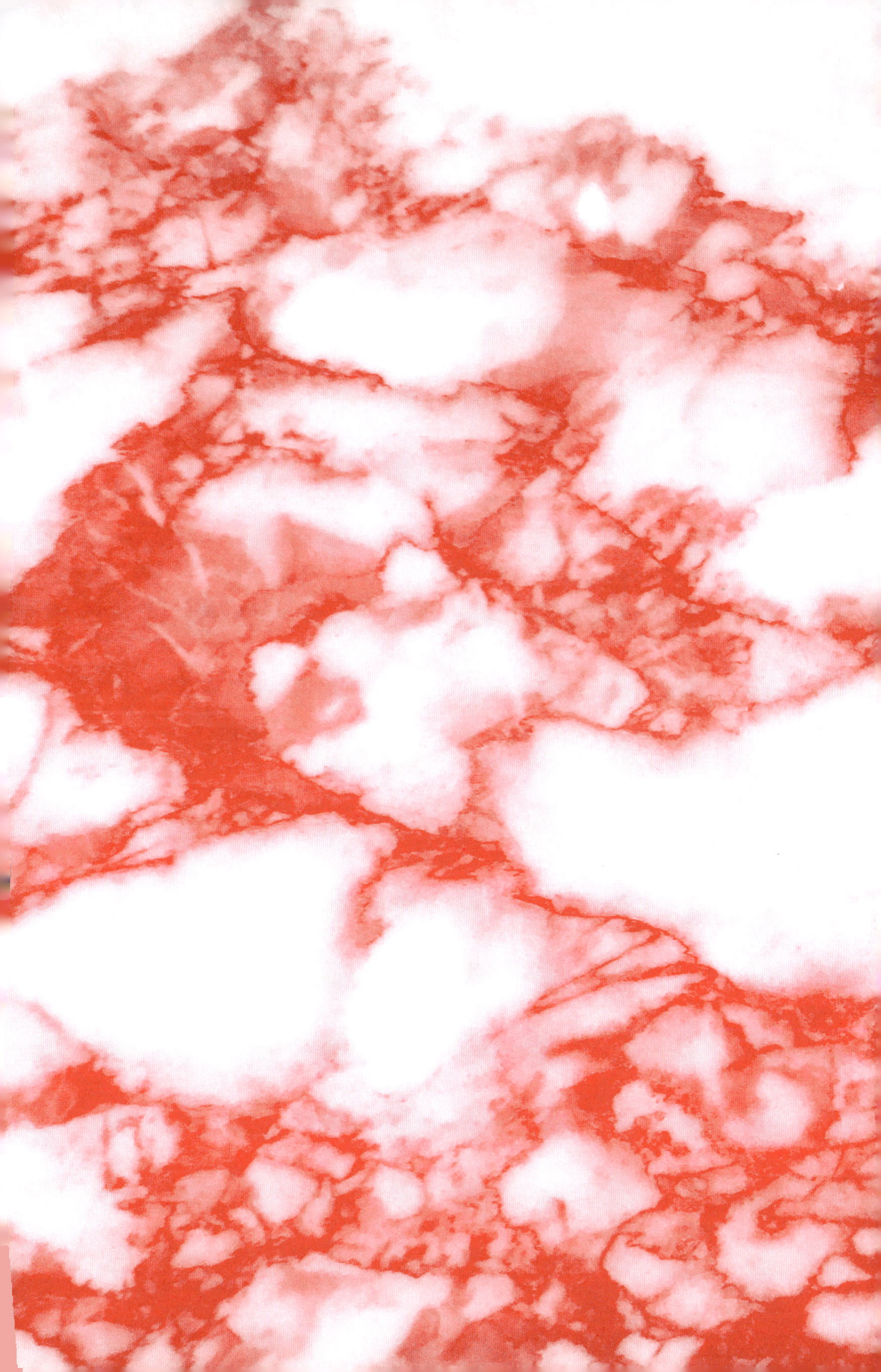

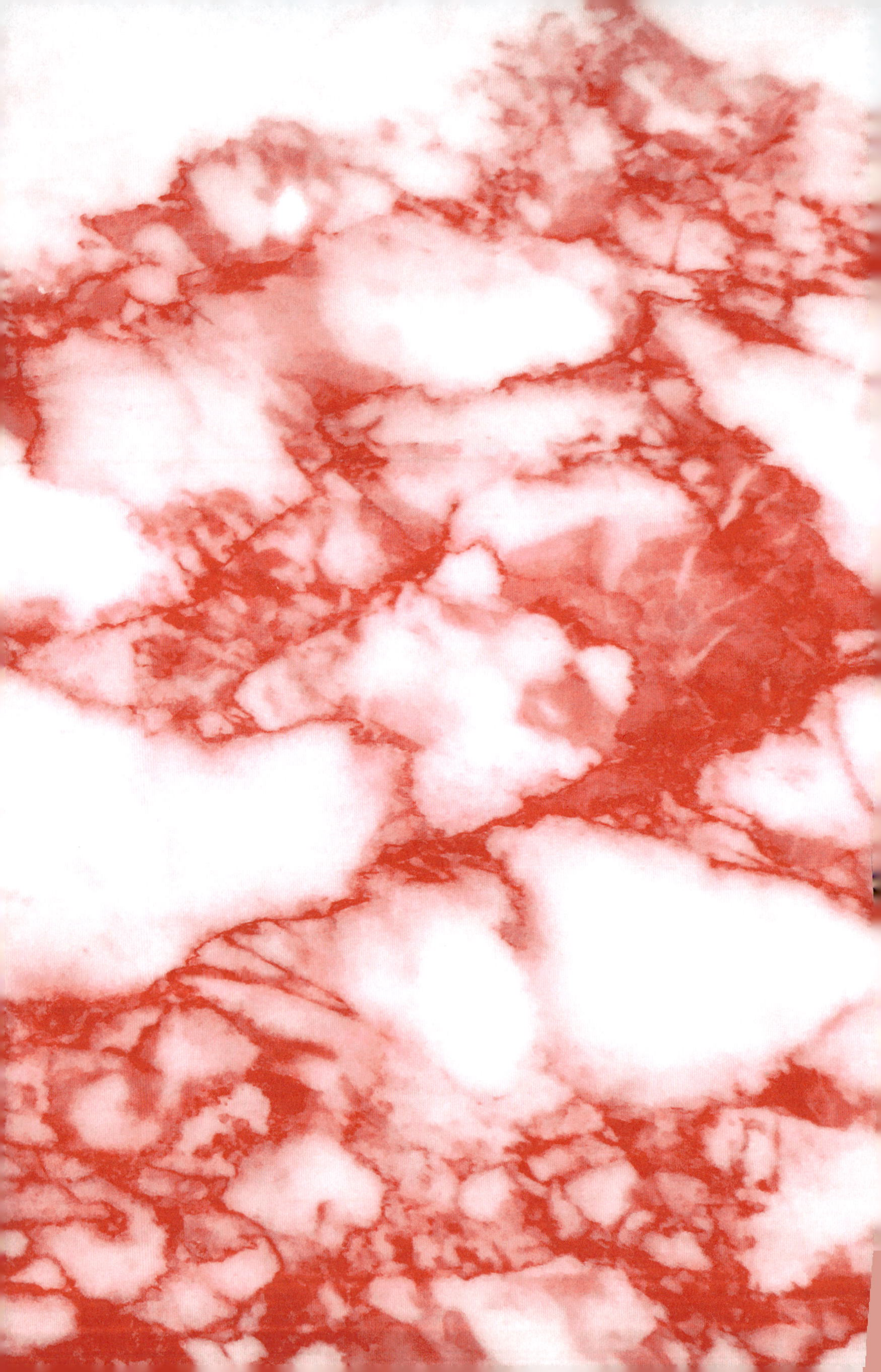